流光知味

汪曾祺 等著

江苏凤凰科学技术出版社 · 南京

图书在版编目（CIP）数据

流光知味 / 汪曾祺等著 . — 南京 : 江苏凤凰科学技术出版社 , 2018.12（2023.9 重印）

ISBN 978-7-5537-9636-9

Ⅰ . ①流… Ⅱ . ①汪… Ⅲ . ①散文集 – 中国 Ⅳ . ① I26

中国版本图书馆 CIP 数据核字 (2018) 第 207495 号

流光知味

著　　者	汪曾祺等
责任编辑	倪　敏
责任校对	仲　敏
责任监制	方　晨
出版发行	江苏凤凰科学技术出版社
出版社地址	南京市湖南路 1 号 A 楼，邮编：210009
出版社网址	http://www.pspress.cn
印　　刷	天津丰富彩艺印刷有限公司
开　　本	880 mm × 1 230 mm　1/32
印　　张	7
字　　数	180 000
版　　次	2018年12月第1版
印　　次	2023年9月第3次印刷
标准书号	ISBN 978-7-5537-9636-9
定　　价	38.00元

图书如有印装质量问题，可随时向我社印务部调换。

匆匆

——朱自清

燕子去了，有再来的时候；杨柳枯了，有再青的时候；桃花谢了，有再开的时候。但是，聪明的，你告诉我，我们的日子为什么一去不复返呢？——是有人偷了他们罢：那是谁？又藏在何处呢？是他们自己逃走了罢：现在又到了哪里呢？

我不知道他们给了我多少日子；但我的手确乎是渐渐空虚了。在默默里算着，八千多日子已经从我手中溜去；像针尖上一滴水滴在大海里，我的日子滴在时间的流里，没有声音，也没有影子。我不禁头涔涔而泪潸潸了。

去的尽管去了，来的尽管来着；去来的中间，又怎样地匆匆呢？早上我起来的时候，小屋里射进两三方斜斜的太阳。太阳他有脚啊，轻轻悄悄地挪移了；我也茫茫然跟着旋转。于是——洗手的时候，日子从水盆里过去；吃饭的时候，日子从饭碗里过去；默默时，便从凝然的双眼前过去。我觉察他去的匆匆了，伸出手遮挽时，他又从遮挽着的手边过去；天黑时，我躺在床上，他便伶伶俐俐地从我身上跨过，从我脚边飞去了。等我睁开眼和太阳再见，这算又溜走了一日。我掩着面叹息。但是新来的日子的影儿又开始在叹息里闪过了。

在逃去如飞的日子里，在千门万户的世界里的我能做些什么呢？只有徘徊罢了，只有匆匆罢了；在八千多日的匆匆里，除徘徊外，又剩些什么呢？过去的日子如轻烟，被微风吹散了，如薄雾，被初阳蒸融了；我留着些什么痕迹呢？我何曾留着像游丝样的痕迹呢？我赤裸裸来到这世界，转眼间也将赤裸裸的回去罢？但不能平的，为什么偏要白白走这一遭啊？

你聪明的，告诉我，我们的日子为什么一去不复返呢？

目录

1 开在童年里的凤凰花

他的晚酌，时间总在黄昏。八仙桌上一盏洋油灯，一把紫砂酒壶，一只盛热豆腐干的碎瓷盖碗，一把水烟筒，一本书，桌子角上一只端坐的老猫。

2 无处抵达的故乡

麦已经长得有好几尺高了，麦田里的桑树，也都发出了绒样的叶芽。晴天里舒叔叔的一声飞鸣过去的，是老鹰在觅食。

3 再难走的路途也有风景

我还记得我母亲爱吃京冬菜。这东西我们家乡是没有的，是托做京官的亲戚带回来的，装在陶制的罐子里。

4 没有人比我更懂你

杨柳的深处，映濡了半天的红霞，流水汩汩地穿过眼前的花畦，我和芗蘅坐在竹篱边。那时心情很恍惚，是和春光一样明媚，是如春花一样灿烂？

5 最好时光里的那个人

我爱，你知否我无言的忧衷，怀想着往日轻盈之梦。梦中我低低唤着你小名，醒来只是深夜长空有孤雁哀鸣！

6 就这样慢慢到老

兰花的清香，又是一阵浓厚地包袭过来，几只蜜蜂嗡嗡地在花旁兜着圈子，她深切地意识到，窗外已充满了春光。

1

开在童年里的凤凰花

他的晚酌，
时间总在黄昏。
八仙桌上一盏洋油灯，
一把紫砂酒壶，
一只盛热豆腐干的碎瓷盖碗，
一把水烟筒，
一本书，
桌子角上一只端坐的老猫。

我父

——林海音

写纪念父亲的文章，便要回忆许多童年的事情，因为父亲死去快二十年了，他弃我们姊弟七人而去的时候，我还是个小女孩。在我为文多年间，从来没有一篇专为父亲而写的，因为我知道如果写到父亲，总不免要触及他离开我们过早的悲痛记忆。

虽然我和父亲相处的年代，还比不了和一个朋友更长久，况且那些年代对于我，又都是属于童年的，但我对于父亲的了解和认识极深。他溺爱我，也鞭策我，更有过一些多么不合理的事情表现他的专制，但是我也得原谅他与日俱增的坏脾气，和他日渐衰弱的肺病身体。父亲实在不应当这样早平离开人世，他是一个对工作认真努力，对生活有浓厚兴趣的人，他的生活多么丰富！他生性爱动，几乎无所不好，好像世间有多少做不完的事情，等待他来动手，我想他的死是不甘心的。但是促成他的早死，多种的嗜好也有关系，他爱喝酒，快乐地划着拳；他爱打牌，到了周末，我们家总是高朋满座。他是聪明的，什么都下功夫研究，他害肺病以后，对于医药也很有研究，家里有一只五斗柜的抽屉，就跟个小药房似的。但是这种饮酒熬夜的生活，便可以破坏任何医药的功效。我听母亲说，父亲在日本做生意的时候，常到酒妓馆林立的街坊，从黑夜饮到天明，一夜之间喝遍一条街，他太任性了！

母亲的生产率够高，平均三年生两个，有人说我们姊妹多是因为父亲爱花的缘故，这不过是迷信中的巧合，但父亲爱花是真的。我有一个很明显的记忆，便是父亲常和挑担卖花的讲价钱，最后总是把整担的花全买下。于是父亲动手了，我们也兴奋地忙起来，廊檐下大大小小的花盆都搬出来。盆里栽的花，父亲好像特别喜欢文竹、含羞草、海棠、绣球和菊花。到了秋天，廊下客厅，摆满了秋菊。

花事最盛是当我们的家住在虎坊桥的时候，院子里有几大盆出色的夹竹桃和石榴，都是经过父亲用心培植的。每年他都亲自给石榴树施麻渣，要臭好几天，但是等到中秋节，结的大石榴都饱满得咧开了嘴！父亲死后的第一年，石榴没结好；第二年，死去好几棵。喜欢迷信的人便说，它们随父亲俱去。其实，明明是我们对于剪枝、施肥，没有像父亲那样勤劳的缘故。父亲的脾气尽管有时暴躁，他却有更多的优点，他负责任地工作，努力求生存，热心助人，不吝金钱。我们每一个孩子他都疼爱，我常常想，既然如此，他就应该好好保重自己的身体，使生命得以延长，看子女茁长成人，该是最快乐的事。但是好动的父亲，却不肯好好的养病。他既死不瞑目，我们也因为父亲的死，童年美梦，顿然破碎。

在别人还需要照管的年龄，我已经负起许多父亲的责任。我们努力渡过难关，羞于向人伸出求援的手。每一个进步，都靠自己的力量，我以受人怜悯为耻。我也不喜欢受人恩惠，因为报答是负担。父亲的死，给我造成这一串倔强，细细想来，这些性格又何尝不是承受于我那好强的父亲呢！

我做小孩的时候

——张恨水

小朋友们，你或者知道我是什么人。如其不然，你爸爸和妈妈，是看《新民报》的，他会告诉你，我是什么人。因为我和小朋友，大概是有缘的，这话怎么说？小朋友们，最小的时候，喜欢听故事，看小人儿书，大一点儿，就爱看小说儿了，我就是个写小说儿的。你不爱打听打听做小孩子的时候，是怎么回事吗？现在，我愿介绍我做小孩子时代的一段历史，今天儿童节，算逗个趣儿罢。

我今年五十三岁，提到我的儿时，至少得倒算回去四十多年。那时，是满清光绪年间，男人头上，都挂着一条大辫子，女人全是小脚，不用多提，单这么两件事，就恍如在另外一个星球上了。闲话少说，我得提我自己。

我六岁的时候，就蓄了辫子啦。在光和尚头左半边，头发养个歪桃儿。头发长了，梳个小辫儿，有那么尺把长，上面用红头绳扎着寸来长的根，下面再用红绳拴着辫梢，拖出来两三寸，和小辫子搭在肩上。现在哪家小孩是这么打扮？人家要不说是马戏班里的小丑，那才怪哩！我穿的衣服呢，总是大领子，就像今天和尚穿的衣服一样，不过没有那样长，只是平磕膝盖儿，袖子四五寸、大腰身挺肥。而且不兴穿素的，不是有颜色的，就是花的。我脑子里还有个影儿，穿着一件蓝底白印花的褂子，罩在短袄子上，那大圆领还是红绸子做的呢。裤子呢？那时，小孩儿不系裤带，裤腰上前后有四个到八个绊儿，用绳子挂在肩上，倒有些像如今穿西装的背带。四十年前，可没线织袜子，都是白布的，外套各种花鞋。有云头儿，方头儿，老虎头儿多种，左右脚任穿，不分脚。现在哪位小朋友，要这么打扮起来，公园里一溜达，人家不当新稀哈儿看吗？

人的知识进步了，衣食住行，也就跟着进步。小朋友们生在于今，是比我们做小孩子的时候享受多了。请问，谁愿意学我当年那身打扮呢？说到打扮，我愿提起一件有趣的事。是我干妈，送给我一顶青缎子做的带翅儿的乌纱帽，就像今日戏台上知县帽子一样；另外，还有一件蓝绸圆领儿长衫，我非常喜欢，做客总穿戴着。可是我没有鞋子，有人送我一双五色线编的草鞋，我竟是穿着，和那乌纱帽蓝袍配上，当日我美极了。于今想起来，自己都笑掉牙。由于说我心爱的，让我想起几件心爱东西：第一，是两头山羊；第二，是我祖父部下，给我做的一把木质斫刀，因为我祖父当时是一员武将呀；第三，是一把小弓，几枝没镞儿的小箭，这是弓箭店里送的。当年的武器，还有一部分是这玩意儿哩。我祖父的衙门很大，里院的回廊，就够跑百多步。遇到新年，我戴上乌纱帽穿上蓝衫，身上背着弓，腰里挂着箭袋，肩上扛着木刀，手上牵着羊，当了马，绕回廊这么一跑，这神气就大了。可是美中不足，那木斫刀，是钉子钉在刀斫上的。使劲一舞，刀就弯下来了。我祖父部下，都说我玩的是剃头刀呢。本来嘛，就很像。

别尽谈玩，该说念书啦。我七岁上学，那时叫着“破蒙”。早上一进学堂，坐上位子，就念三字经，得大声念。我可是干嚷，什么意思全都不懂，就说开头四句：“人之初，性本善。性相近，习相远。”小朋友你懂吗！一堂学生，二三十人，像打翻了蛤蟆笼似的乱嚷，那先生板着永远不开笑容的脸，拿着竹板子在桌上直拍，拍的啪啪啪乱响，喝着：“念、念，念熟了背。”一直把不懂的书念三四小时，除了到先生面前背书，不能离开位子，医院吃药，也比这好受。中午放学回家吃饭，吃完了，赶紧上学。这就伏在桌上描红模子啦。描红模子的时候不是不念书了吗？全书房像死去了一样！谁都不能哼一声儿。你要是和邻座同学说句话儿。啪！头上三个爆栗，先生悄悄儿地走过来揍人了。写完了字，大家可以呆坐在位子上一两小时，你以为这是休息吗？可更难受。什么不能动，又不许说话，多难受。偶然偷偷儿地在纸上画个小人儿，或是在抽屉里折个纸玩意儿，先生不看到便罢，若是看到了，拧着耳朵，到孔夫子神位前去跪着。休息完了，又念书，直念到窗户里黑得看不见字，才放学。一年三百六十日，天天如此，直到放年学，才算喘过一口气。这是当什么学生，简直是坐牢啦！

（节选）

忆儿时

——丰子恺

我回忆儿时，有三件不能忘却的事。

第一件是养蚕。那是我五六岁时、我祖母在日的事。我祖母是一个豪爽而善于享乐的人，良辰佳节不肯轻轻放过。养蚕也每年大规模地举行。其实，我长大后才晓得，祖母的养蚕并非专为图利，叶贵的年头常要蚀本，然而她喜欢这暮春的点缀，故每年大规模地举行。我所喜欢的，最初是蚕落地铺。那时我们的三开间的厅上、地上统是蚕，架着经纬的跳板，以便通行及饲叶。蒋五伯挑了担到地里去采叶，我与诸姐跟了去，去吃桑葚。蚕落地铺的时候，桑葚已很紫而甜了，比杨梅好吃得多。我们吃饱之后，又用一张大叶做一只碗，采了一碗桑葚，跟了蒋五伯回来。蒋五伯饲蚕，我就以走跳板为戏乐，常常失足翻落地铺里，压死许多蚕宝宝，祖母忙喊蒋五伯抱我起来，不许我再走。然而这满屋的跳板，像棋盘街一样，又很低，走起来一点也不怕，真是有趣。这真是一年一度的难得的乐事！所以虽然祖母禁止，我总是每天要去走。

蚕上山之后，全家静静守护，那时不许小孩子们嗅了，我暂时感到沉闷。然而过了几天，采茧，做丝，热闹的空气又浓起来了。我们每年照例请牛桥头七娘娘来做丝。蒋五伯每天买枇杷和软糕来给采茧、做丝、烧火的人吃。大家认为现在是辛苦而有希望的时候，应该享受这点心，都不客气地取食。我也无功受禄地天天吃多量的枇杷与软糕，这又是乐事。

七娘娘做丝休息的时候，捧了水烟筒，伸出她左手上的短少半段的小指给我看，对我说：做丝的时候，丝车后面，是万万不可走近的。她的小指，便是小时候不留心被丝车轴棒轧脱的。她又说；“小囝囝不可走近丝车后面去，只管坐在我身旁，吃枇杷，吃软糕。还有做丝做出来的蚕蛹，叫妈妈油炒一炒，真好吃哩！”然而我始终不要吃蚕蛹，大概是我爸爸和诸姐都不要吃的缘故。我所乐的，只是那时候家里的非常的空气。日常固定不动的堂窗、长台、八仙椅子，都收拾去，而变成不常见的丝车、匾、缸。又不断地公然地可以吃小食。

丝做好后，蒋五伯口中唱着“要吃枇杷，来年蚕罢”，收拾丝车，恢复一切陈设。我感到一种兴尽的寂寥。然而对于这种变换，倒也觉得新奇而有趣。

现在我回忆这儿时的事，常常使我神往！祖母、蒋五伯、七娘娘和诸姐都像童话里、戏剧里的人物了。且在我看来，他们当时这剧的主人公便是我。何等甜美的回忆！只是这剧的题材，现在我仔细想想觉得不好：养蚕做丝，在生计上原是幸福的，然其本身是数万的生灵的杀虐！《西青散记》里面有两句仙人的诗句：“自织藕丝衫子嫩，可怜辛苦赦春蚕。”安得人间也发明织藕丝的丝车，而尽赦天下的春蚕的性命！

我七岁上祖母死了，我家不复养蚕。不久父亲与诸姐弟相继死亡，家道衰落了，我的幸福的儿时也过去了。因此这回忆一面使我永远神往，一面又使我永远忏悔。

第二件不能忘却的事，是父亲的中秋赏月，而赏月之乐的中心，在于吃蟹。我的父亲中了举人之后，科举就废，他无事在家，每天吃酒、看书。他不要吃羊、牛、猪肉，而喜欢吃鱼、虾之类。而对于蟹，尤其喜欢。自七八月起直到冬天，父亲平日的晚酌规定吃一只蟹，一碗隔壁豆腐店里买来的开锅热豆腐干。他的晚酌，时间总在黄昏。八仙桌上一盏洋油灯，一把紫砂酒壶，一只盛热豆腐干的碎瓷盖碗，一把水烟筒，一本书，桌子角上一只端坐的老猫，我脑中这印象非常深刻，到现在还可以清楚地浮现出来。我在旁边看，有时他给我一只蟹脚或半块豆腐干。然我喜欢蟹脚，蟹的味道真好，我们五个姊妹兄弟，都喜欢吃，也是为了父亲喜欢吃的缘故。只有母亲与我们相反，喜欢吃肉，而不喜欢又不会吃蟹，吃的时候常常被蟹螯上的刺刺开手指，出血；而且抉剔得很不干净，父亲常常说她是外行。父亲说：吃蟹是风雅的事，吃法也要内行才懂得。先折蟹脚，后开蟹斗……脚上的拳头（即关节）里的肉怎样可以吃干净，脐里的肉怎样可以剔出……脚爪可以当作剔肉的针……蟹螯上的骨头可以拼成一只很好看的蝴蝶……父亲吃蟹真是内行，吃得非常干净。所以陈妈妈说："老爷吃下来的蟹壳，真是蟹壳。"

蟹的储藏所，就在天井角落里的缸里，总养着十来只。到了七夕、七月半、中秋、重阳等节候上，缸里的蟹就满了，那时我们都有得吃，而且每人得吃一大只，或一只半。尤其是中秋一天，兴致更浓。在深黄昏，移桌子到隔壁的白场（即场地）上的月光下面去吃。更深人静，明月底下只有我们一家的人，恰好围成一桌，此外只有一个供差使的红英坐在旁边，大家谈笑，看月亮，他们——父亲和诸姐——直到月落时光，我则半途睡去，与父亲和诸姐不分而散。

这原是为了父亲嗜蟹，以吃蟹为中心而举行的。故这种夜宴，不仅限于中秋，有蟹的节季里的月夜，无端也要举行数次。不过不是良辰佳节，我们少吃一点，有时两人分吃一只。我们都学父亲，剥得很精细，剥出来的肉不是立刻吃的，都积受在蟹斗里，剥完之后，放一点姜醋，拌一拌，就作为下饭的菜，此外没有别的菜了。因为父亲吃菜是很省的，而且他说蟹是至味，吃蟹时混吃别的菜肴，是乏味的。我们也学他，半蟹斗的蟹肉，过两碗饭还有余，就可得父亲的称赞，又可以白口吃下余多的蟹肉，所以大家都勉励节省。现在回想那时候，半条蟹腿肉要过两大口饭，这滋味真好！自父亲死了以后，我不曾再尝这种好滋味。现在，我已经自己做父亲，况且已经茹素，当然永远不会再尝这滋味了。唉！儿时欢乐，何等使我神往！然而这一剧的题材，仍是生灵的杀虐！因此这回忆一面使我永远神往，一面又使我永远忏悔。

（节选）

多年父子成兄弟

——汪曾祺

这是我父亲的一句名言。

父亲是个绝顶聪明的人。他是画家，会刻图章，画写意花卉。图章初宗浙派，中年后治汉印。他会摆弄各种乐器，弹琵琶，拉胡琴，笙箫管笛，无一不通。他认为乐器中最难的其实是胡琴，看起来简单，只有两根弦，但是变化很多，两手都要有功夫。他拉的是老派胡琴，弓子硬，松香滴得很厚——现在拉胡琴的松香都只滴了薄薄的一层。他的胡琴音色刚亮。胡琴码子都是他自己刻的，他认为买来的不中使。他养蟋蟀，养金蛉子。他养过花，他养的一盆素心兰在我母亲病故那年死了，从此他就不再养花。我母亲死后，他亲手给她做了几箱子冥衣——我们那里有烧冥衣的风俗。按照母亲生前的喜好，选购了各种花素色纸做衣料，单夹皮棉，四时不缺。他做的皮衣能分得出小麦穗、羊羔，灰鼠和狐肷。

父亲是个很随和的人，我很少见他发脾气，对待子女，从无疾言厉色。他爱孩子，喜欢孩子，爱跟孩子玩，带着孩子玩。我的姑妈称他为“孩子头”。春天，不到清明，他领一群孩子到麦田里放风筝。放的是他自己糊的蜈蚣(我们那里叫“百脚”)，是用染了色的绢糊的。放风筝的线是胡琴的老弦。老弦结实而轻，这样风筝可笔直地飞上去，没有“肚儿”。用胡琴弦放风筝，我还未见过第二人。清明节前，小麦还没有“起身”，是不怕践踏的，而且越踏会越长得旺。孩子们在屋里闷了一冬天，在春天的田野里奔跑跳跃，身心都极其畅快。他用钻石刀把玻璃裁成不同形状的小块，再一块一块斗拢，接缝处用胶水粘牢，做成小桥、小亭子、八角玲珑水晶球。桥、亭、球是中空的，里面养了金蛉子。从外面可以看到金蛉子在里面自在爬行，振翅鸣叫。他会做各种灯。用浅绿透明的“鱼鳞纸”扎了一只纺织娘，栩栩如生。用西洋红染了色，上深下浅，通草做花瓣，做了一个重瓣荷花灯，真是美极了。用小西瓜(这是拉秧的小瓜，因其小，不中吃，叫“打瓜”或“笃瓜”)上开小口挖净瓜瓤，在瓜皮上雕镂出极细的花纹，做成西瓜灯。我们在这些灯里点了蜡烛，穿街过巷，邻居的孩子都跟过来看，非常羡慕。

父亲对我的学业是关心的，但不强求。我小时候，国文成绩一直是全班第一。我的作文，时得佳评，他就拿出去到处给人看。我的数学不好，他也不责怪，只要能及格，就行了。他画画，我小时也喜欢画画，但他从不指点我。他画画时，我在旁边看，其余时间由我自己乱翻画谱，瞎抹。我对写意花卉那时还不太会欣赏，只是画一些鲜艳的大桃子，或者我从来没有见过的瀑布。我小时字写得不错，他倒是给我出过一点主意。在我写过一阵“圭峰碑”和“多宝塔”以后，他建议我写写“张猛龙”。这建议是很好的，到现在我写的字还有“张猛龙”的影响。我初中时爱唱戏，唱青衣，我的嗓子很好，高亮甜润。在家里，他拉胡琴，我唱。我的同学有几个能唱戏的，学校开同乐会，他应我的邀请，到学校去伴奏。几个同学都只是清唱。有一个姓费的同学借到一顶纱帽，一件蓝官衣，扮起来唱“朱砂井”，但是没有配角，没有衙役，没有犯人，只是一个赵廉，摇着马鞭在台上走了两圈，唱了一段“郿坞县在马上心神不定”便完事下场。父亲那么大的人陪着几个孩子玩了一下午，还挺高兴。我十七岁初恋，暑假里，在家写情书，他在一旁瞎出主意。我十几岁就学会了抽烟喝酒。他喝酒，给我也倒一杯。抽烟，一次抽出两根，他一根我一根。他还总是先给我点上火。我们的这种关系，他人或以为怪。父亲说：“我们是多年父子成兄弟。”

我和儿子的关系也是不错的。我戴了“右派分子”的帽子下放张家口农村劳动，他那时还未从幼儿园毕业，刚刚学会汉语拼音，用汉语拼音给我写了第一封信。我也只好赶紧学汉语拼音，好给他写回信。

“文化大革命”期间，我被打成“黑帮”，送进“牛棚”。偶尔回家，孩子们对我还是很亲热。我的老伴告诫他们：“你们要和爸爸‘划清界限’。”儿子反问母亲：“那你怎么还给他打酒？”

只有一件事，两代之间，曾有分歧。他（我的儿子）下放山西忻县“插队落户”。按规定，春节可以回京探亲。我们等着他回来。不料他同时带回了一个同学。他这个同学的父亲是一位正受迫害，搞得人囚家破的空军将领。这个同学在北京已经没有家，按照大队的规定是不能回北京的，但是这孩子很想回北京，在一伙同学的秘密帮助下，我的儿子就偷偷地把他带回来了。他连“临时户口”也不能上，是个“黑人”，我们留他在家住，等于“窝藏”了他。公安局随时可以来查户口，街道办事处的大妈也可能举报。当时人人自危，自顾不暇，儿子惹了这么一个麻烦，使我们非常为难。我和老伴把他叫到我们的卧室，对他的冒失行为表示很不满，我责备他：“怎么事前也不和我们商量一下！”我的儿子哭了，哭得很委屈，很伤心。我们当时立刻明白了：他是对的，我们是错的。我们这种怕担干系的思想是庸俗的。我们对儿子和同学之间的义气缺乏理解，对他的感情不够尊重。他的同学在我们家一直住了四十多天，才离去。

对儿子的几次恋爱，我采取的态度是“闻而不问”。了解，但不干涉。

我的孩子有时叫我“爸”，有时叫我“老头子”，连我的孙女也跟着叫。我的亲家母说这孩子“没大没小”。我觉得一个现代化的、充满人情味的家庭，首先必须做到“没大没小”。父母叫人敬畏，儿女“笔管条直”，最没有意思。

儿女是属于他们自己的。他们的现在，和他们的未来，都应由他们自己来设计。一个想用自己理想的模式塑造自己的孩子的父亲是愚蠢的，而且，可恶！另外作为一个父亲，应该尽量保持一点童心。

入学

——老舍

我小的时候，因家贫而身体很弱。我九岁才入学。因家贫体弱，母亲有时候想叫我去上学，又怕我受人家的欺侮，更怕交不上学费，所以一直到九岁我还不识一个字。说不定，我会一辈子也得不到读书的机会，因为母亲虽然知道读书的重要，可是每月间三四吊钱的学费，实在让她为难。母亲是最喜脸面的人。她迟疑不决，光阴又不等待着任何人，荒来荒去。我也许就长到十多岁了。一个十多岁的贫而不识字的孩子，很自然地是去做个小买卖——弄个小筐，卖些花生、煮豌豆，或樱桃什么的。要不然就是去学徒。母亲很爱我，但是假若我能去做学徒，或提篮沿街卖樱桃而每天赚几百钱，她或者就不会坚决反对。穷困比爱心更有力量。

有一天，刘大叔偶然来了。我说“偶然”，因为他不常来看我们。他是个极富的人，尽管他心中并无贫富之别，可是他的财富使他终日不得闲，几乎没有工夫来看穷朋友。一进门，他看见了我。“孩子几岁了？上学没有？”他问我的母亲。他的声音是那么洪亮（在酒后，他常以学喊俞振庭的金钱豹自傲），他的衣服是那么华丽，他的眼是那么亮，他的脸和手是那么白嫩肥胖，使我感到我大概是犯了什么罪。我们的小屋，破桌凳，土炕，几乎受不住他的声音的震动。等我母亲回答完，刘大叔马上决定："明天早上我来，带他上学！学钱和书籍，大姐你都不必管！"我的心跳起多高，谁知道上学是怎么一回事呢！

第二天，我像一条不体面的小狗似的，随着这位阔人去入学。学校是一家改良私塾，在离我的家有半里多地的一座道士庙里。庙不甚大，而充满了各种气味：一进山门先有一股大烟味，紧跟着便是糖精味（有一家熬制糖球糖块的作坊），再往里，是厕所味与别的臭味。学校是在大殿里。大殿两旁的小屋住着道士和道士的家眷。大殿里很黑，很冷。神像都用黄布挡着，供桌上摆着孔圣人的牌位。学生都面朝西坐着，一共有三十来人。西墙上有一块黑板——这是"改良"私塾。老师姓李，一位极死板而极有爱心的中年人。刘大叔和李老师"嚷"了一顿，而后叫我拜圣人及老师。老师给了我一本《地球韵言》和一本《三字经》。我于是就变成了学生。

自从做了学生以后，我时常到刘大叔的家中去。他的宅子有两个大院子，院中几十间房屋都是有出廊的。院后，还有一座相当大的花园。宅子的左右前后全是他的房产，若是把那些房子齐齐地排起来，可以占半条大街。此外，他还有几处铺店。每逢我去，他必招呼我吃饭，或给我一些我没有看见过的点心。他绝不以我为一个苦孩子而冷淡我，他是阔大爷，但是他不以富做人。

在我由私塾转入公立学校去的时候，刘大叔又来帮忙。

我记得很清楚：我从私塾转入学堂，即编入初小三年级，与莘田同班。我们的学校是西直门大街路南的两等小学堂。下午放学后，我们每每一同到小茶馆去听评书《小五义》或《施公案》。钱总是他替我付。不久，这个小学堂改办女学。我就转入南草厂的第十四小学。

刘大叔的财产已大半出了手，他是阔大爷，他只懂得花钱，而不知道计算。人们吃他，他甘心叫他们吃；人们骗他，他付之一笑。他的财产有一部分是卖掉的，也有一部分是被人骗了去的，他不管；他的笑声照旧是洪亮的。

（节选）

父亲的“野”孩子

——冰心

当我连蹦带跳地从屋外跑进来的时候，母亲总是笑骂着说：“看你的脸都晒‘熟’了！一个女孩子这么‘野’，大了怎么办？”跟在我后面的父亲就会笑着回答：“你的孩子，大了还会野吗？”这时，母亲脸上的笑，是无可奈何的笑，而父亲脸上的笑，却是得意的笑。的确，我的“野”，是父亲一手“惯”出来的，一手训练出来的。因为我从小男装，连耳都没有穿过。记得我回福州的那一年，脱下男装后，我的伯母、叔母都说：“四妹（我在大家庭姐妹中排行第四）该扎耳朵眼，戴耳环了。”父亲还是不同意，借口说：“你们看她左耳唇后面，有一颗聪明痣。把这颗痣扎穿了，孩子就笨了。”我自己看不见我左耳唇后面的小黑痣，但是我始终没有扎上耳朵眼！

不但如此，连紧鞋父亲也不让穿，有时我穿的鞋稍微紧了一点，我就故意在父亲面前一瘸一瘸地走，父亲就埋怨母亲：“你又给她小鞋穿了！”母亲也气了，就把剪刀和纸裁的鞋样推到父亲面前说：“你会做，就给她做，将来长出一对金刚脚，我也不管！”父亲真的拿起剪刀和纸就要铰个鞋样，母亲反而笑了，把剪刀夺了过去。

那时候，除了父亲上军营或军校的办公室以外，他一下班，我一放学，他就带我出去，骑马或是打枪。海军学校有两匹马，一匹是白的老马，一匹黄的小马，是轮流下山上市去取文件或书信的。

我们总在黄昏把这两匹马牵来，骑着在海边山上玩。父亲总让我骑那匹老实的白马，自己骑那匹调皮的小黄马，跟在后面。记得有一次，我们骑马穿过金钩寨，走在寨里的小街上时，忽然从一家门里蹒跚地走出一个刚会走路的小娃娃，他一直闯到白马的肚子底下，跟在后面的父亲吓得赶忙跳下马来拖他。不料我座下的那匹白马却从从容容地横着走向一边，给孩子让出路来。当父亲把这孩子抱起交给他的惊惶追出的母亲时，大家都松了一口气，父亲还过来抱着白马的长脸，轻轻地拍了几下。

在我们离开烟台以前，白马死了。我们把它埋在东山脚下。我有时还在它墓上献些鲜花，反正我们花园里有的是花。从此我们再也不骑马了。

父亲还教我打枪，但我背的是一杆鸟枪。枪弹只有绿豆那么大。母亲不让我向动物瞄准，只许我打树叶或树上的红果，可我很少能打下一片绿叶或一颗红果来！

读书

——朱湘

我是六岁启蒙的；家里请的老师；第一部书是读的是《龙文鞭影》。只记得这是一部四字一句的韵文史事书籍——关于它，我现在已经不记得其他内容了。

书房在花园里；花园的那边是客厅。书房前面的院子里，有一个亭子。

老师大概是一个举人。我还记得，他在夏天里，是穿着一件细竹管编成的汗褂。

背不出书来，打手心的事情，大概是有——不过现在我是已经忘记了。只记得，有一次，那是读完了《龙文鞭影》以后，读《诗经》的当口，我不知道是哪一页书，再也背不出来，老师罚我，非得要背出来，才放我下学。只剩下我一个人，在书房里面；听见自己的声音，更加伤心，淌眼泪。大概是到底也没有背得出来，有家里大人讨保放我下学了。

十几年以后，我每逢想起《诗经》这一部书的时候，总是在心头逗引起了一种凄凉的情调，想必便是为了这个缘故。

八九岁，读完了《四书》以及《左传》的一小部分。就是在这个时候，我学着作文了。

这是在离家有几里远的一个书馆里的事情。有一次，只剩下我一个人在馆里，心里忽然涌起了寂寞、孤单的恐惧，忙独自沿了路途，向家里走去……这里是土地庙与庙前的一棵大树与树下的茶摊，这里是路旁的一条小河，这里是我家里田亩旁的山坡，终于，在家里前院的场地上，看见了有庄丁在那里打谷，这时候，我的心便放下了，舒畅了。

我的蒙馆生活是在十岁左右终止的。

十一岁时候，我考取了高小一年级。这以后的十年，便是我的学校生活时期，小学、大学期间，我都曾停过学。我还在一个工业学校的预科里面读过一年书，在青年会里读过英文。

说起来很有趣味：我后来又有机会看到我在工业学校里所做的一篇《言志》课卷，那里面说，将来学业完成了，除去从事职业以外，闲暇的时候，要作一点诗，读一些诗文——这诗，不用说，是旧诗的意思；这诗文，不用说，也是旧诗文的意思。

在工业学校里，教国文的先生是豪放一派的；他喜欢喝酒，有一个酒糟鼻子，魏禧的《大铁椎传》是他特别赞颂的一篇文章。

后来，我又有过一个国文先生，有“老虎”之称；不过他谨饬些。便是在他的课堂上，在自由交卷的时候，我学着作新诗。虽说他是一个旧学者，眼光倒还算是开明的，对于我的新诗课卷，并不拒绝。

听说他，像教我《四书》《左传》的那个书馆先生一样，结局很是潦倒。

我读书，是决不能按部就班的。课本，无论先生多么好，我对它们总不能感觉到一种特殊的兴趣，便是那种我自己读我自己所选读的书籍时所感到的兴趣。

大概，书的种类虽然是数不尽的多，不过，简单说来，它们却只有两个：不得不读的，以及自己爱读的书籍。由报纸一直到学校内的课本，就是不得不读的书籍。至于自己爱读的书籍，那就要看“自己”是谁了。譬如，我是一个作文、教书的人，我自己所爱读的书，要是与一个工程师所爱读的来对照，恐怕是会大不相同的。不过，普天下的大我，它却是有一种书籍决无不爱读之理的；那便是小说。

我也是一个人，当然逃不出这定例。十二岁到十四岁，爱读侠义小说。十五岁左右，爱读侦探小说。二十岁左右，爱读爱情小说。

侠义小说的嗜好一直延续到十几年以后，英国的司各德，苏格兰的史蒂文生，波兰的显克微支，他们的侠义小说，我为了慕名、机缘等的缘故，曾经看了不少，实在是爱不忍释。

（节选）

童年笨事

——赵丽宏

如果回想一下，每个人儿时都做过一些笨事，这并不奇怪，因为儿时幼稚，常常把幻想当成真实。做笨事并不一定是笨人，聪明人和笨人的区别在于：聪明人做了笨事之后会改，并且从中悟出一些道理，而笨人则屡错屡做，永远笨头笨脑地错下去。

我小时候笨事也做得不少，现在想起来还会忍不住发笑。

追“屁”

五六岁的时候，我有个奇怪的嗜好：喜欢闻汽油的气味。我认为世界上最好闻的味道就是汽油味，比那种绿颜色的明星牌花露水味道要美妙得多。而汽油味中，我最喜欢闻汽车排出的废气。于是跟大人走在马路上，我总是拼命用鼻子吸气，有汽车开过，鼻子里那种感觉真是妙不可言。有一次跟哥哥出去，他发现我不停地用鼻子吸气，便问：“你在做什么？”我回答：“我在追汽车放出来的气。”哥哥大笑道：“这是汽车在放屁呀，你追屁干吗？”哥哥和我一起在马路边前俯后仰地大笑了好一阵。

笑归笑，可我的怪嗜好依旧未变，还是爱闻汽车排出来的气。因为做这件事很方便，走在马路上，你只要用鼻子使劲吸气便可以。后来我觉得空气中那汽油味太淡，而且稍纵即逝，闻起来总不过瘾，于是总想什么时候过瘾一下。终于想出办法来。一次，一辆摩托车停在我家弄堂口。摩托车尾部有一根粗粗的排气管，机器发动时会喷出又黑又浓的油气，我想，如果离那排气管近一点，一定可以闻得很过瘾。我很耐心地在弄堂口等着，过了一会儿，摩托车的主人来了，等他坐到摩托车上，准备发动时，我动作敏捷地趴到地上，将鼻子凑近排气管的出口处等着。摩托车的主人当然没有发现身后有个小孩在地上趴着，只见他的脚用力踩动了几下，摩托车呼啸着箭一般蹿出去。而我呢，趴在路边几乎昏倒。

那一瞬间的感觉，我永远不会忘记——随着那机器的发动声轰然而起，一团黑色的烟雾扑面而来，把我整个儿包裹起来。根本没有什么美妙的气味，只有一股刺鼻的、几乎使人窒息的怪味从我的眼睛、鼻孔、嘴巴里钻进来，钻进我的脑子，钻进我的五脏六腑。我又是流泪，又是咳嗽，只感到头晕眼花、天昏地黑，恨不得把肚皮里的一切东西都呕出来……天哪，这难道就是我曾迷恋过的汽油味儿！等我趴在地上缓过一口气来时，只见好几个人围在我身边看着我发笑，好像在看一个逗人发乐的小丑。原来，猛烈喷出的油气把我的脸熏得一片乌黑，我的模样狼狈而又滑稽……

从此以后，我开始讨厌汽油味，并且逐渐懂得，任何事情，做得过分以后，便会变得荒唐，变得令人难以忍受。

囚蚁

童年时曾经认为世界上所有的动物都可以由人来饲养，而且所有的动物都可以从小养到大，就像人一样，摇篮里不满一尺长的小小婴儿总能长成顶天立地的大巨人。连蚂蚁也不例外。在儿歌里唱过“小蚂蚁，爱劳动，一天到晚忙做工”，所以我对地上的蚂蚁特别有好感，常常趴在墙角或者路边仔细观察它们的活动，看它们排着队运食物、搬家，和比它们大无数倍的爬虫和飞虫们作战……大约是五岁的时候，有一天我和妹妹突发奇想：为什么不能把蚂蚁们放到玻璃瓶里养起来呢？像养小鸡小鸭那样养它们，给它们吃，给它们喝，它们一定会长大，长得比蟋蟀和蝈蝈们还要大。

这件事情并不复杂。找一个有盖子的玻璃药瓶，然后将蚂蚁捉到瓶子里，我们一共捉了 15 只蚂蚁，再旋紧瓶盖。这样，这 15 只蚂蚁便有了一个透明整洁的新家。我和妹妹兴致勃勃地观察着蚂蚁们在瓶子里的动静，只见它们不停地摇动着头顶的两根触须，急急忙忙地在瓶子里上下来回地走动，似乎在寻找什么。我想它们大概是饿了，便旋开瓶盖投进一些饭粒，可它们却毫无兴趣，依然惊惶不安地在瓶里奔跑。它们肯定在用它们的语言大声喊叫，可惜我听不见……第二天早晨起来，第一件事情就是看玻璃瓶里的蚂蚁。只见那 15 只蚂蚁横七竖八躺在瓶底下，安安静静地一动也不动，它们全都死了。我和妹妹很是伤心了一阵，想了半天，得出结论：是因为药瓶里不透气，蚂蚁们是闷死的。（现在想起来，更可能是瓶里的药味使小蚂蚁们送了命。）

（节选）

我的小学

——茅盾

我们大家庭里有个家塾，已经办了好多年了。我的三个小叔子和二叔祖家的几个孩子都在家塾里念书。老师就是祖父。但是我没有进家塾，父亲不让我去。父亲不赞成祖父教的内容和教学方法。祖父教的是《三字经》《千家诗》这类老书，而且教学不认真，经常丢下学生不管，自顾出门听说书或打小麻将去了。因此，父亲就自选了一些新教材如《字课图识》《天文歌略》《地理歌略》等，让母亲来教我。所以，我的第一个启蒙老师是我母亲。

但是，祖父仍嫌教家塾是个负担，我七岁那年，他就把这教家塾的担子推给了我父亲。父亲那时虽然有低烧，但尚未病倒，他就一边行医，一边教这家塾。我也就因此进了家塾，由父亲亲自教我。我的几个小叔子仍旧学老课本，而我则继续学我的新学。父亲对我十分严格，每天亲自节录课本中四句要我读熟。他说：慢慢地加上去，到一天十句为止。

可是不到一年，父亲病倒了。家塾仍由祖父来教。父亲就把我送到一个亲戚办的私塾中去继续念书。这亲戚就是我曾祖母的侄儿王彦臣。

王彦臣教书的特点是坐得住，能一天到晚盯住学生，不像其他私塾先生那样上午应个景儿，下午自去访友、饮茶、打牌去了，所以他的“名声”不错，学生最多时达到四五十个。王彦臣教的当然是老一套，虽然我父亲叮嘱他教我新学，但他不会教。我的同学一般都比我大，有大六七岁的，只有王彦臣的一个女儿（即我的表姑母）和我年龄差不多。这个表姑母叫王会悟，后来成为李达（号鹤鸣）的夫人。

又过了半年多，乌镇办起了第一所初级小学——立志小学，我就成为这个小学的第一班学生。立志小学校址在镇中心原立志书院旧址，大门两旁刻着一副大字对联，“先立乎其大，有志者竟成”，嵌着“立志”二字。这立志书院是表叔卢鉴泉的祖父卢小菊创办的。卢小菊是个举人，而且高中在前五名内，所以在镇上绅缙中名望很高，他办了立志书院，任山长（院长）。现在在原校址办起立志小学，又由卢鉴泉担任校长。卢表叔那年和我父亲结伴去杭州参加乡试，中了举人，第二年到北京会试落第，就回乡当绅缙。因为他在绅缙中年纪最小，又好动，喜欢管事，办小学的事就推到了他身上。

在卢鉴泉的积极筹划下，开学那天居然到了五六十个学生。学生按年龄分为甲乙二班，大的进甲班，小的进乙班，我被分到了乙班。但上课不到十天，两班学生根据实际水平又互有调换，我调到了甲班。其实两班的课程是差不多的，只是甲班进度快些，而且一开课就学《论语》。同班同学中我的年龄最小，最大的一个有二十岁，已经结婚了。甲班有两个老师，一个是我父亲的好朋友沈听蕉，他教国文，兼教修身和历史，另一个姓翁的教算学，他不是乌镇人。国文课本用的是《速通虚字法》和《论说入门》（这是短则五六百字，长则一千字的言富国强兵之道的论文或史论），修身课本就是《论语》，历史教材是沈听蕉自己编的。至于按规定新式小学应该有的音乐、图画、体操等课程，都没有开。

那时候，父亲已卧床不起，房内总要有人伺候，所以我虽说上了学，却时时要照顾家里。好在学校就在我家隔壁，上下课的铃声听得很清楚，我听到铃声再跑去上课也来得及，有时我就干脆请假不去了。母亲怕我落下的功课太多，就自己教我，很快我就把《论语》读完了，比学校里的进度快。

（节选）

私塾生活

—— 丰子恺

我的学童时代，就是六十年前的时代。那时候，我国还没有学校，儿童上学，进的是私塾。怎么叫私塾呢？就是一个先生在自己家里开办一个学堂，让亲戚、朋友、邻居家的小孩子来上学。有的只有七八个学生，有的十几个，至多也不过二三十个，不能再多了。因为家里屋子有限，先生只有一人。这位先生大都是想考官还没有考取的人，或者一辈子考不取的老人。那时候要做官，必须去考。小考一年一次，大考三年一次。考不取的，就在家里开私塾，教学生。学生每逢过年，送几块银洋给先生，作为学费，称为“修敬”。每逢端午、中秋，也必须送些礼物给先生，例如鱼、肉、粽子、月饼之类。私塾没有星期天，也没有暑假；只有年假，放一个多月。倘先生有事，随时可以放假。

私塾里不讲时间，因为那时绝大多数人家没有自鸣钟。学生早上入学，中午“放饭学”，下午再入学，傍晚“放夜学”，这些时间都没有一定，全看先生的生活情况。先生起得迟的，学生早上不妨迟到。先生有了事情，就早点“放夜学”。学生早上入学，先生大都尚未起身，学生挟了书包走进学堂，先双手捧了书包向堂前的孔夫子牌位拜三拜，然后坐在规定的座位里。倘先生已经起来了，坐在学堂里，那么学生拜过孔夫子之后，须得再向先生拜一拜，然后归座。座位并不是课桌，就是先生家里的普通桌子，或者是自己家里搬来的桌子。座位并不排成一列，零零星星地安排，就同普通人家的房间布置一样。课堂里没有黑板，实际上也用不到黑板。因为先生教书是一个一个教的。先生叫声“张三”，张三便拿了书走到先生的书桌旁边，站着听先生教。教毕，先生再叫“李四”，李四便也拿了书走过去受教……每天每人教多少时光，教多少书，没有一定，全看先生高兴。他高兴时，多教点；不高兴时，少教点。这些先生家里大都是穷的，有的全靠学生年终送的“修敬”过日子。因此做教书先生，人们称为“坐冷板凳”，意思是说这种职业是很清苦的。因此先生家里柴米成问题的时候，先生就不高兴，教书也很懒。

还有，私塾先生大都是吸鸦片的。吸得久了，天天非吸几次不可，不吸就要打呵欠，流鼻涕，头晕眼花，同生病一样。这叫“鸦片上瘾”。上了瘾的人很苦：又费钱，又费时间，又伤身体。那么你要问：他们为什么要吸呢？只因那时外国帝国主义欺侮我们中国人，贩进这种毒品来教大家吃，好让中国一天一天弱起来。而读书人受害的最多。因为吸了鸦片，精神一时很好，读得进书，但不吸就读不进。因此不少读书人都上了当。

私塾没有课程表。但大都有个规定：早上“习字”，上午“背旧书”，下午“上新书”，放夜学之前“对课”。

私塾里读的书只有一种，是语文。像现在学校里的算术、图画、音乐、体操……那时一概没有。语文之外，只有两种小课，即“习字”和“对课”。而这两种小课都是和语文有关的，只算是语文中的一部分。而所谓“语文”，也并不是现在那种教科书，却是一种古代的文言文章，那书名叫《大学》《中庸》《论语》《孟子》……这种书都很难读，就是现在的青年人、壮年人，也不容易懂得，何况小朋友。但先生不管小朋友懂不懂，硬要他们读，而且必须读熟，能背。小朋友读的时候很苦，不懂得意思，照先生教的念，好比教不懂外国语的人说外国语。那时的小朋友苦得很，非硬记、硬读、硬背不可。因为背不出，先生要用“戒尺”打手心，或者打后脑。戒尺就是一尺长的一条方木棍。

上午，先生起来了，捧了水烟管走进学堂里，学生便一齐大声念书，比小菜场里还要嘈杂。因为就要“背旧书”了，大家便临时“抱佛脚”。先生坐下来，叫声“张三”，张三就拿了书走到先生书桌面前，把书放在桌上了，背转身子，一摇一摆地背诵昨天、前天和大前天读过的书。倘背错了，或者背不下去了，先生就用戒尺在他后脑上打一下，然后把书丢在地上。这个张三只得摸摸后脑，拾了书，回到座位里去再读，明天再背。于是先生再叫“李四”……一个一个地来背旧书。背旧书时，多数人挨打，但是也有背不出而不挨打的，那是先生自己的儿子或者亲戚。背好旧书，一个上午差不多了，就放饭学，学生大家回家吃饭。

下午，先生倘是吸鸦片的，要三点多钟才进学堂来。“上新书”也是一个一个上的。上的办法是：先生教你读两遍或三遍，即先生读一句，你顺一句。教过之后，要你自己当场读一遍给先生听。但那些书是很难读的，难字很多，先生完全不讲解意义，只是教你跟了他“唱”。所以唱过二三遍之后，自己不一定读得出。越是读不出；后脑上挨打越多；后脑上打得越多，越是读不出。先生书桌前的地上，眼泪是经常不干的！因此有的学生，头一天晚上请父亲或哥哥先把明天的生书教会，免得挨打。

新书上完后，将近放学，先生把早上交来的习字簿用红笔加批，发给学生。批有两种：写得好的，圈一圈；写得不好的，直一直；写错的，打个叉。直的叫“吃烂木头”，叉的叫“吃洋钢叉”。有的学生，家长发给零用钱，以习字簿为标准：一圈一个铜钱；一个烂木头抵消一个铜钱；一个洋钢叉抵消两个铜钱。

发完习字簿，最后一件事是“对课”。先生昨天在你的“课簿”上写两个或三个字，你拿回家去，对他两个或三个字，第二天早上交在先生桌上。此时先生逐一翻开来看，对得好的，圈一圈；对得不好的，他替你改一改。然后再出一个新课，让你拿回去对好了，明天来交卷。什么叫对课呢？譬如先生出“红花”两字，你对“绿叶”，先生出“春风”，你对“秋雨”；先生出“明月夜”，你对“艳阳天”……对课要讲词性，要讲平仄。（什么叫词性和平仄，说来话多，我暂时不讲了。）这算是私塾里最有兴味的一课。然而对得太坏，也不免手心挨打。对过课之后，先生喊一声：“去！”学生就打好书包，向孔夫子牌位拜三拜，再向先生拜一拜，一缕烟跑出学堂去了。这时候个个学生很开心，一路上手挽着手，跳跳蹦蹦，乱叫乱嚷，欢天喜地地回家去，犹如牢狱里释放的犯人一般。

2

无处抵达的故乡

麦已经长得有好几尺高了，
麦田里的桑树，
也都发出了绒样的叶芽。
晴天里舒叔叔的一声飞鸣过去的，
是老鹰在觅食。

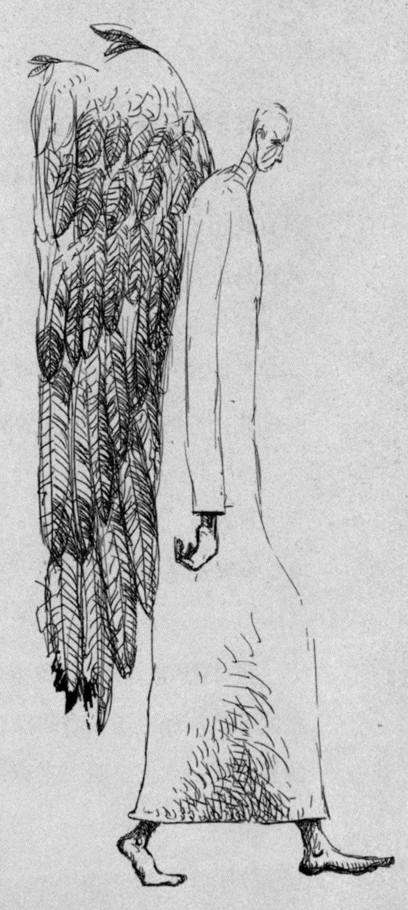

故乡的元宵

——汪曾祺

故乡的元宵是并不热闹的。

没有狮子、龙灯，没有高跷，没有跑旱船，没有“大头和尚戏柳翠”，没有花担子、茶担子。这些都在七月十五“迎会”——赛城隍时才有，元宵是没有的。很多地方兴“闹元宵”，我们那里的元宵却是静静的。

有几年，有送麒麟的。上午，三个乡下的汉子，一个举着麒麟——一张长板凳，外面糊纸扎的麒麟，一个敲小锣，一个打镲，咚咚当当敲一气儿，齐声唱一些吉利的歌。每一段开头都是“格炸炸”：

格炸炸，格炸炸，
麒麟送子到你家……

我对这“格炸炸”印象很深。这是什么意思呢？这是状声（拟声）词？状的什么声呢？送麒麟的没有表演，没有动作，曲调也很简单。送麒麟的来了，一点也不叫人兴奋，只听得一连串的“格炸炸”。“格炸炸”

完了，祖母就给他们一点钱。

街上掷骰子“赶老羊”的赌钱摊子上没有人。六颗散子静静地在大碗底卧着。摆赌摊的坐在小板凳上抱着膝盖发呆。年快过完了，准备过年输的钱也输得差不多了，明天还有事，大家都没有赌兴。

草巷口有个吹糖人的。孙猴子舞大刀、老鼠偷油。

北市口有捏面人的。青蛇、白蛇、老渔翁。老渔翁的蓑衣是从药店里买来的夏枯草做的。

到天地坛看人拉“天嗡子”——即抖空竹，拉得很响，天嗡子蛮牛似的叫。

到泰山庙看老妈妈烧香。一个老妈妈鞋底有牛屎，干了。

一天快过去了。

不过元宵要等到晚上，上了灯，才算。元宵元宵嘛。我们那里一般不叫元宵，叫灯节。灯节要过几天，十三上灯，十七落灯。“正日子”是十五。

各屋里的灯都点起来了。大妈（大伯母）屋里是四盏玻璃方灯。二妈屋里是画了红寿字的白明角琉璃灯，还有一张珠子灯。我的继母屋里点的是红琉璃泡子。一屋子灯光，明亮而温柔，显得很吉祥。

上街去看走马灯。连万顺家的走马灯很大。“乡下人不识走马灯——又来了。”走马灯不过是来回转动的车、马、人（兵）的影子，但也能看它转几圈。后来我自己也动手做了一个，点了蜡烛，看着里面的纸轮一样转了起来，外面的纸屏上一样映出了影子，很欣喜。乾隆和的走马灯并不“走”，只是一个长方的纸箱子，正面白纸上有一些彩色的小人儿，小人儿连着一根头发丝，烛火烘热了发丝，小人儿的手脚会上下动。它虽然不“走”，我们还是叫它走马灯。要不，叫它什么灯呢？这外面的小人儿是唐僧、孙悟空、猪八戒、沙和尚。整个画面表现的是《西游记》

唐僧取经。

孩子有自己的灯。兔子灯、绣球灯、马灯……兔子灯大都是自己动手做的。下面安四个转辘，可以拉着走。兔子灯其实不大像兔子，脸是圆的，眼睛是弯弯的，像人的眼睛，还有两道弯弯的眉毛！绣球灯、马灯都是买的。绣球灯是一个多面的纸扎的球，有一个蔑制的架子，架子上有一根竹竿，架子下有两个转辘，手执竹竿，向前推移，球即不停滚动。马灯是两段，一个马头，一个马屁股，用带子系在身上。西瓜灯、蛤蟆灯、鱼灯，这些手提的灯，是小孩玩的。

有一个习俗可能是外地所没有的：看围屏。硬木长方框，约三尺高，尺半宽，镶绢，上画一笔演义小说人物故事，灯节前装好，一堂围屏约三十幅，屏后点蜡烛。这实际上是照得透亮的连环画。看围屏有两处，一处在炼阳观的偏殿，一处在附设在城隍庙里的火神庙。炼阳观画的是《封神榜》，火神庙画的是《三国》。围屏看了多少年，但还是年年看。好像不看围屏就不算过灯节似的。

街上有人放花。

有人放高升（起火），不多的几支，起火升到天上，嗤——灭了。

天上有一盏红灯笼。竹篾为骨，外糊红纸，一个长方的筒，里面点了蜡烛，放到天上，灯笼是很好放的，连脑线都不用，在一个角上系上线，就能飞上去。灯笼在天上微微飘动，不知道为什么，看了使人有一点薄薄的凄凉。

年过完了，明天十六，所有店铺就“大开门”了。我们那里，初一到初五，店铺都不开门。初六打开两扇排门，卖一点市民必需的东西，叫“小开门”。十六把全部排门卸掉，放一挂鞭，几个炮仗，叫“大开门”，开始正常营业。年，就这样过去了。

清华八年

——梁实秋

我自民国四年（一九一五）进清华学校读书，民国十二年毕业，整整八年的工夫在清华园里度过。人的一生没有几个八年，何况是正在宝贵的青春？四十多年前的事，现在回想已经有些模糊，如梦如烟，但是较为突出的印象则尚未磨灭。有人说，人在开始喜欢回忆的时候便是开始老的时候。我现在开始回忆了。

民国四年，我十四岁，在北京新鲜胡同京师公立第三小学毕业，我的父亲接受朋友的劝告要我投考清华学校。这是一个重大的决定，因为这个学校远在郊外，我是一个古老的家庭中长大的孩子，从来没有独自在街头闯荡过，这时候要捆起铺盖到一个陌生的地方去住，不是一件平常的事，而且在这个学校经过八年之后便要漂洋过海、离乡背井到新大陆去负笈求学，更是难以设想的事。所以父亲这一决定下来，母亲急得直哭。

清华学校在那时候尚不大引人注意。学校的创立乃是由于民国纪元前四年美国老罗斯福总统决定退还庚子赔款半数指定用于教育用途，意思是好的，但是带着深刻的国耻的意味。所以这学校的学制特殊，事实上是留美预备学校，不由教育部管理，校长由外交部指派。每年招考学生的名额，按照各省分担的庚子赔款的比例分配。我原籍浙江杭县，本应到杭州去应试，但往返太费事，而且我家寄居北京很久，也可算是北京的人家，为了取得法定的根据起见，我父亲特赴京兆大兴县署办入籍手续，得到准许备案，我才到天津（当时直隶省会）省长公署报名。我的籍贯从此确定为京兆大兴县，即北京。北京东城属大兴，西城属宛平。

那一年直隶省分配名额为五名，报名应试的大概是三十几个人，初试结果取十名，复试再进选五名。复试由省长朱家宝亲自主持，此公素来喜欢事必躬亲，不愿假手他人，居恒有一颗闲章，文曰："官要自作。"我获得初试人选的通知以后就到天津去谒见省长。十四岁的孩子几曾到过官署？大门口的站班的衙役一声吆喝，吓我一大跳，只见门内左右站着几个穿宽袍大褂的衙役垂手肃立，我逡巡走近二门，又是一声吆喝，然后进入大厅。十个孩子都到齐，有人出来点名。静静地等了一刻钟，一位面团团的老者微笑着踱了出来，从容不迫地抽起水烟袋，逐个盘问我们几句话，无非是姓甚、名谁、几岁、什么属性之类的谈话。然后我们围桌而坐，各有毛笔纸张放在面前，写一篇作文，题目是"孝悌为人之本"。这个题目我好像从前作过，于是不假思索援笔立就，总之是一些陈词滥调。

过后不久榜发，榜上有名的除我之外有吴卓、安绍芸、梅贻宝，及一位未及入学即病逝的应某。考取学校总是幸运的事，虽然那时候我自己以及一般人并不怎样珍视这样的一个机会。

就是这样，我和清华结下了八年的缘分。

（节选）

异国秋思

——庐隐

自从我们搬到郊外以来，天气渐渐清凉了。那短篱边牵伸着的毛豆叶子，已露出枯黄的颜色来，白色的小野菊，一丛丛由草堆里钻出头来，还有小朵的黄花在凉劲的秋风中抖颤。这一些景象，最容易勾起人们的秋思，况且身在异国呢！低声吟着"帘卷西风，人比黄花瘦"之句，这个小小的灵宫，是弥漫了怅惘的情绪。

书房里显得格外清寂，那窗外蔚蓝如碧海似的青天和淡金色的阳光，还有挟着桂花香的阵风，都含了极强烈的，挑拨人类心弦的力量，在这种刺激之下，我们不能继续那死板的读书工作了。在那一天午饭后，波便提议到附近吉祥寺去看秋景，三点多钟我们乘了市外电车前去——这路程太近了，我们的身体刚刚坐稳便到了。走出长甬道的车站，绕过火车轨道，就看见一座高耸的木牌坊，在横额上有几个汉字写着"井之头恩赐公园"。我们走进牌坊，便见马路两旁树木葱茏，绿荫匝地，一种幽妙的意趣，萦绕脑际，我们怔怔地站在树影下，好像身入深山古林了。在那枝柯掩映中，一道金黄色的柔光正荡漾着。使我想象到一个披着金绿柔发的仙女，正赤着足，踏着白云，从这里经过的情景。再向西方看，一抹彩霞，正横在那叠翠的峰峦上，如黑点的飞鸦，穿林翩翻，我一缕的愁心真不知如何安派，我要吩咐征鸿把它带回故国吧！无奈它是那样不着迹地去了。

我们徘徊在这浓绿深翠的帷幔下，竟忘记前进了。一个身穿和服的中年男人，脚上穿着木屐，踢踏踢踏的来了。他向我们打量着，我们为避免他的觑视，只好加快脚步走向前去。经过这一带森林，前面有一条鹅卵石堆成的斜坡路，两旁种着整齐的冬青树，只有肩膀高，一阵阵的青草香，从微风里荡过来，我们慢步走着，陡觉神气清爽，一尘不染。下了斜坡，面前立着一所小巧的东洋式茶馆，里面设了几张小矮几和坐褥，两旁列着柜台，红的蜜橘，青的苹果，五色的杂糖，错杂地罗列着。

“呀！好眼熟的地方！”我不禁失声喊了出来。于是潜藏在心底的印象，陡然一幕幕地重映出来，唉！我的心有些抖颤了，我是被一种感怀已往的情绪所激动，我的双眼怔住，胸膈间充塞着悲凉，心弦凄紧地拨动着。自然是回忆到那些曾被流年蹂躏过的往事；“唉！往事，只是不堪回首的往事呢！”我悄悄地独自叹息着。但是我目前仍然有一幅逼真的图画再现出来……

一群骄傲于幸福的少女们，她们孕育着玫瑰色的希望，当她们将由学校毕业的那一年，曾随了她们德高望重的教师，带着欢乐的心情，渡过日本海来访蓬莱的名胜。在她们登岸的时候，正是暮春三月樱花乱飞的天气。那些缀锦点翠的花树，都是使她们乐游忘倦。她们从天色才黎明，便由东京的旅舍出发；先到上野公园看过樱花的残妆后；又换车到井之头公园来。这时疲倦袭击着她们，非立刻找个地点休息不可。最后她们发现了这个位置清幽的茶馆；便立刻决定进去吃些东西。大家团团围着矮凳坐下，点了两壶龙井茶，和一些奇甜的东洋点心，她们吃着喝着，高声谈笑着，她们真像是才出谷的雏莺；只觉眼前的东西，件件新鲜。处处都富有生趣。当然她们是被搂在幸福之神的怀抱里了。青春的爱娇，活泼快乐的心情，她们有多么可艳羡的人生呢！

但是流年把一切都毁坏了！谁能相信今天在这里追怀往事的我，也正是当年幸福者之一呢！哦！流年，残酷的流年呵！它带走了人间的爱娇，它蹂躏英雄的壮志，使我站在这似曾相识的树下，只有咽泪，我有什么方法，使年光倒流呢？

唉！这仅仅是九年后的今天。呀，这短短的九年中，我走的是崎岖的世路，我攀缘过陡峭的崖壁，我由死的绝谷里逃命，使我尝着忍受由心头淌血的痛苦，命运要我喝干自己的血汁，如同喝玫瑰酒一般……

唉！这一切的刺心回忆，我忍不住流下辛酸的泪滴，连忙离开这容易动感情的地方吧！我们便向前面野草漫径的小路上走去，忽然听见一阵悲恻的唏嘘声，我仿佛看见张着灰色翅翼的秋神，正躲在那厚密枝叶背后。立时那些枝叶都窸窸窣窣地颤抖起来。草底下的秋虫，发出连续的唧唧声，我的心感到一阵阵的凄冷；不敢向前去，找到路旁一张长木凳坐下。我用滞呆的眼光，向那一片阴阴森森的丛林里睁视，当微风分开枝柯时，我望见那小河里潺潺的碧水了。水上绉起一层波纹，一只小划子，从波纹上溜过。两个少女摇着桨，低声唱着歌儿。

我看到这里，又无端感触起来，觉得喉头哽塞，不知不觉叹道："故国不堪回首。"同时那北海的红漪清波浮现眼前，那些手携情侣的男男女女，恐怕也正摇着画桨，指点着眼前清丽秋景，低语款款吧！况且又是菊茂蟹肥的时候，料想长安市上，车水马龙，正不少欢乐的宴聚，这漂泊异国，秋思凄凉的我们当然是无人想起的。不过，我们却深深地眷怀着祖国，渴望得些好消息呢！况且我们又是神经过敏的，揣想到树叶凋落的北平，凄风吹着，冷雨洒着的这些穷苦的同胞，也许正向茫茫的苍天悲诉呢！唉，破碎紊乱的祖国呵！北海的风光不能粉饰你的寒碜！今雨轩的灯红酒绿，不能安慰忧患的人生，深深眷念祖国的我们，这一颗因热望而颤抖的心，最后是被秋风吹冷了。

从上学到教学

——朱光潜

我笔名孟实，一八九七年九月十九日出生于安徽桐城乡下一个破落的地主家庭。父亲是个乡村私塾教师。我从六岁到十四岁，在父亲鞭挞之下受了封建私塾教育，读过而且大半背诵过四书五经、《古文观止》和《唐诗三百首》，看过《史记》和《通鉴辑览》，偷看过《西厢记》和《水浒》之类旧小说，学过写科举时代的策论时文。到十五岁才入“洋学堂”（高小），当时已能写出大致通顺的文章。在小学只待半年，就升入桐城中学。这是桐城派古文家吴汝纶创办的，所以特重桐城派古文，主要课本是姚惜抱的《古文辞类纂》，按教师的传授，读时一定要朗诵和背诵，据说这样才能抓住文章的气势和神韵，便于自己学习作文。我从此就放弃时文，转而摸索古文。

我得益最多的国文教师是潘季野，他是一个宋诗派的诗人，在他的熏陶之下，我对中国旧诗养成了浓厚的兴趣。一九一六年中学毕业，在家乡当了半年小学教员。本想考北京大学，慕的是它的“国故”，但家贫拿不起路费和学费，只好就近考进了不收费的武昌高等师范学校中文系。我很失望，教师还不如桐城中学的。除了圈点一部段玉裁的《说文解字注》，略窥中国文字学门径之外，一无所获。读了一年之后，就碰上北洋军阀的教育部从全国几所高等师范学校里考选一批学生到香港大学去学教育。我考取了。从一九一八年到一九二二年，我就在这所英国人办的大学里学了一点教育学，但主要还是学了英国语言和文学，以及生物学和心理学这两门自然科学的一点常识。这就奠定了我这一生教育活动和学术活动的方向。

我到香港大学后不久，就发生了五四运动，洋学堂和五四运动当然莫不相干。不过我在私塾里就酷爱梁启超的《饮冰室文集》，颇有认识新鲜事物的热望。在香港还接触到《新青年》。我看到胡适提倡白话文的文章，心里发生过很大的动荡。我始而反对，因为自己也在“桐城谬种”之列，可是不久也就转过弯来了，毅然决然地放弃了古文和文言，自己也学着写起白话来了。我在美学方面的处女作《无言之美》就是用白话文写的。写白话文时，我发现文言的修养也还有些用处，就连桐城派古文所要求的纯正简洁也还未可厚非。

香港大学毕业后，通过同班友好高觉敷的介绍，我结识了吴淞中国公学校长张东荪。应他的邀约，我于一九二二年夏，到吴淞中国公学中学部教英文，兼校刊《旬刊》的主编。当我的编辑助手的学生是当时还以进步面貌出现的姚梦生，即后来的姚蓬子。在吴淞时代我开始尝到复杂的阶级斗争的滋味。我听过李大钊和恽代英两先烈的讲话。由于我受到长期的封建教育和英帝国主义教育，同左派郑振铎和杨贤江，以及右派中国青年党陈启天、李璜等人都有些往来，我虽是心向进步青年却不热心于党派斗争，以为不问政治，就高人一等。

江浙战争中吴淞中国公学被打垮了，我就由上海文艺界朋友夏丏尊介绍，到浙江上虞白马湖春晖中学教英文，在短短的几个月之中我结识了后来对我影响颇深的匡互生、朱自清和丰子恺几位好友。匡互生当时和无政府主义者有些往来，还和毛泽东同志同过学，因不满意春晖中学校长的专制作风，建议改革而没有被采纳，就愤而辞去教务主任一职，掀起一场风潮。我同情他，跟他一起采取断然态度，离开春晖中学跑到上海另谋生路。我和他到了上海之后，夏丏尊、章锡琛、丰子恺、周为群等人，也陆续离开春晖中学赶到上海。上海方面又陆续加上叶圣陶、胡愈之、周予同、陈之佛、刘大白、夏衍几位朋友。我们成立了一个立达学会，在江湾筹办了一所立达学园。开办的宗旨是在匡互生的授意之下由我草拟后正式公布的。这个宣言提出了教育独立自由的口号，矛头直接针对北洋军阀的专制教育。与立达学园紧密联系在一起的还有由我们筹办的开明书店和一种刊物(先叫《一般》,后改名《中学生》)。“开明”是“启蒙”的意思，争取的对象是以中学生为主的青年一代。这家书店就是解放后由叶圣陶在北京主持的青年书店，即中国青年出版社的前身。

我把上海的这段经历说详细一点，因为这是我一生的一个主要转折点和后来一些活动的起点。我的大部分著述都是为青年写的，而且是由开明书店出版的。

捅马蜂窝

—— 冯骥才

爷爷的后院虽小，它除去堆放杂物，很少人去，里边的花木从不修剪，快长疯了！枝叶纠缠，荫影深浓，却是鸟儿、蝶儿、虫儿们生存和嬉戏的一片乐土，也是我儿时的乐园。我喜欢从那爬满青苔的湿漉漉的大树干上，取下一只又轻又薄的蝉衣，从土里挖出筷子粗肥大的蚯蚓，把团团飞舞的小蠓虫赶到蜘蛛网上去。那沉甸甸压弯枝条的海棠果，个个都比市场买来的大。这里，最壮观的要数爷爷窗檐下的马蜂窝了，好像倒垂的一只大莲蓬，无数金黄色的马蜂爬进爬出，飞来飞去，不知忙些什么，大概总有百十只之多，以致爷爷不敢开窗子，怕它们中间哪个冒失鬼一头闯进屋来。

“真该死，屋子连透透气儿也不能，哪天请人来把这马蜂窝捅下来！”奶奶总为这个马蜂窝生气。

“不行，要蜇死人的！”爷爷说。

“怎么不行？头上蒙块布，拿竹竿一捅就下来。”奶奶反驳道。

“捅不得，捅不得。”爷爷连连摇手。

我站在一旁，心里却涌出一种捅马蜂窝的强烈欲望。那多有趣！当我给这个淘气的欲望鼓动得难以抑制时，就找来妹妹，乘着爷爷午睡的当儿，悄悄溜到从走廊通往后院的小门口。我脱下褂子蒙住头顶，用扣上衣扣儿的前襟遮盖下半张脸，只需一双眼。又把两根竹竿接绑起来，作为捣毁马蜂窝的武器。我和妹妹约定好，她躲在门里，把住关口，待我捅下马蜂窝，赶紧开门放我进来，然后把门关住。

妹妹躲在门缝后边，眼瞧我这非凡而冒险的行动。我开始有些迟疑，最后还是好奇战胜了胆怯。当我的竿头触到蜂窝的一刹那，好像听到爷爷在屋内呼叫，但我已经顾不得别的，一些受惊的马蜂轰地飞起来，我赶紧用竿头顶住蜂窝使劲地摇撼两下，只听“通”，一个沉甸甸的东西掉下来，跟着一团黄色的飞虫腾空而起，我扔掉竿子往小门那边跑，谁料到妹妹害怕，把门在里边插上，她跑了，将我关在门外。我一回头，只见一只马蜂径直而凶猛地朝我扑来，好像一架燃料耗尽、决心相撞的战斗机。这复仇者不顾一切而拼死的气势使我惊呆了。瞬间，只觉眉心像被针扎似的剧烈地一疼，挨蜇了！我下意识地用手一拍，感觉我的掌心触到它可怕的身体。我吓得大叫，不知道谁开门把我拖到屋里。

当夜，我发了高烧。眉心处肿起一个枣大的疙瘩，自己都能用眼瞧见。家里人轮番用醋、酒、黄酱、万金油和凉手巾把儿，也没能使我那肿疮迅速消下来。转天请来医生，打针吃药，七八天后才渐渐复愈。这一下好不轻呢！我生病也没有过这么长时间，以致消肿后的几天里不敢到那通向后院的小走廊上去，生怕那些马蜂还守在小门口等着我。

过了些天，惊恐稍定，我去爷爷的屋子，他不在，隔窗看见他站在当院里，摆手召唤我去，我大着胆子去了。爷爷手指窗根处叫我看，原来是我捅掉的那个马蜂窝，却一只马蜂也不见了，好像一只丢弃的干枯的大莲蓬头。爷爷又指了指我的脚下，一只马蜂！我惊吓得差点叫起来，慌忙跳开。

“怕什么，它早死了！”爷爷说，“这就是蜇你的那只马蜂，可能被你那一拍，拍死的。”

仔细瞧，噢，原来是死的。仰面朝天躺在地上，几只黑蚂蚁在它身上爬来爬去。

“马蜂就是这样，你不惹它，它不蜇你。”爷爷说。

“那它干吗还要蜇我呢，这样它自己不也完了吗？”

“你毁了它的家——那是多大一个家呀！它当然要跟你拼命的！”爷爷说。

我听了心里暗暗吃惊。一只小虫竟有这样的激情和勇气。低头再瞧瞧那只马蜂，微风吹着它，轻轻颤动，好似活了一般。我不禁想起那天它朝我猛扑过来时那副生死不顾的架势，与毁坏它们生活的人拼尽一切，真像一个英雄……我面对这壮烈牺牲的小飞虫的尸体，似乎有种罪孽感沉重地压在我的心上。

那一窝马蜂呢，被我扰得无家可归的一群呢，它们还会不会回来重建家园？我甚至想用胶水把那只空空的蜂窝粘上去。

这一年，我经常站在爷爷的后院里，始终没有等来一只马蜂。

转年开春，有两只马蜂飞到爷爷的窗檐下，落到被晒暖的木窗框上，然后还在过去的旧巢的残迹上爬了一阵子，跟着飞去而不再来。空空又是一年。

第三年，风和日丽之时，爷爷忽叫我抬头看，隔着窗玻璃看见窗檐下几只赤黄色的马蜂忙来忙去。在这中间，我忽然看到，一个小巧的、银灰色的、第一间蜂窝已经筑成了。

于是，我和爷爷面对面开颜而笑，笑得十分舒心。我不由得暗暗告诉自己，再不做一件伤害旁人的事。

我的青春我的梦

——郁达夫

不晓得是在哪一本俄国作家的作品里，曾经看到过一段写一个小村落的文字，他说："譬如有许多纸折起来的房子，摆在一段高的地方，被大风一吹，这些房子就歪歪斜斜地飞落到了谷里，紧挤在一道了。"前面有一条富春江绕着，东西北的三面尽是些小山包住的富阳县城，也的确可以借了这一段文字来形容。

虽则是一个行政中心的县城，可是人家不满三千，商店不过百数；一般居民，全不晓得做什么手工业，或其他新式的生产事业，所靠以度日的，有几家自然是祖遗的一点田产，有几家则专以小房子出租，在吃两元三元一月的租金；而大多数的百姓，却还是既无恒产，又无恒业，没有目的，没有计划，只同蟑螂似的在那里出生，死亡，繁殖下去。

这些蟑螂的密集之区，总不外乎两处地方；一处是三个铜子一碗的茶店，一处是六个铜子一碗的小酒馆。他们在那里从早晨坐起，一直可以坐到晚上上排门的时候；讨论柴米油盐的价格，传播东邻西舍的新闻，为了一点不相干的细事，譬如说罢，甲以为李德泰的煤油只卖三个铜子一提，乙以为是五个铜子两提的话，双方就会得争论起来；此外的人，也马上分成甲党或乙党，提出证据，互相论辩；弄到后来，也许相打起来，打得头破血流，还不能够解决。

因此，在这么小的一个县城里，茶店酒馆，竟也有五六十家之多；于是大部分的蟑螂，就家里可以不备面盆手巾、桌椅板凳、饭锅碗筷等日常用具，而悠悠地生活过去了。离我们家里不远的大江边上，就有这样的两处蟑螂之窗。

在我们的左面，住有一家砍砍柴，卖卖菜，人家死人或娶亲，去帮帮忙跑跑腿的人家。他们的一族，男女老小的人数很多很多，而住的那一间屋，却只比牛栏马槽大了一点。他们家里的顶小的一位苗裔年纪比我大一岁，名字叫阿千，冬天穿的是同伞似的一堆破絮，夏天，大半身是光光地裸着的；因而皮肤黝黑，臂膀粗大，脸上也像是生落地之后，只洗了一次的样子。他虽只比我大了一岁，但是跟了他们屋里的大人，茶店酒馆日日去上，婚丧的人家，也老在进出；打起架吵起嘴来，尤其勇猛。我每天见他从我们的门口走过，心里老在羡慕，以为他又上茶店酒馆去了，我要到什么时候，才可以同他一样的和大人去夹在一道呢！而他的出去和回来，不管是在清早或深夜，我总没有一次不注意到的，因为他的喉音很大，有时候一边走着，一边在绝叫着和大人谈天，若只他一个人的时候哩，总在噜苏地唱戏。

当一天的工作完了，他跟了他们家里的大人，一道上酒店去的时候，看见我欣羡地立在门口，他原也曾邀约过我；但一则怕母亲要骂，二则胆子终于太小，经不起那些大人的盘问笑说，我总是微笑着摇摇头，就跑进屋里去躲开了，为的是上茶酒店去的诱惑性，实在强不过。

有一天春天的早晨，母亲上父亲的坟头去扫墓去了，祖母也一清早上了一座远在三四里路外的庙里去念佛。翠花在灶下收拾早餐的碗筷，我只一个人立在门口，看有淡云浮着的青天。忽而阿千唱着戏，背着钩刀和小扁担绳索之类，从他的家里出来，看了我的那种没精打采的神气，他就立了下来和我谈天，并且说：

“鹳山后面的盘龙山上，映山红开得多着哩；并且还有乌米饭（是一种小黑果子）、彤管子（也是一种刺果）、刺莓等，你跟了我来罢，我可以采一大堆给你。你们奶奶，不也在北面山脚下的真觉寺里念佛么？等我砍好了柴，我就可以送你上寺里去吃饭去。”

阿千本来是我所崇拜的英雄，而这一回又只有他一个人去砍柴，天气那么好，今天清早祖母出去念佛的时候，我本是嚷着要同去的，但她因为怕我走不动，就把我留下了。现在一听到这个提议，自然是心里急跳了起来，两只脚便也很轻松地跟他出发了，并且还只怕翠花要出来阻挠，跑路跑得比平时只有得快些。出了弄堂，向东沿着江，一口气跑出了县城之后，天地宽广起来了，我的对于这一次冒险的惊惧之心就马上被大自然的威力所压倒。这样问问，那样谈谈，阿千真像是一部小小的自然界的百科大辞典，而到盘龙山脚去的一段野路，便成了我最初学自然科学的模范小课本。

麦已经长得有好几尺高了，麦田里的桑树，也都发出了绒样的叶芽。晴天里舒叔叔的一声飞鸣过去的，是老鹰在觅食；树枝头吱吱喳喳，似在打架又像是在谈天的，大半是麻雀之类；远处的竹林丛里，既有抑扬，又带余韵，在那里歌唱的，才是深山的画眉。

上山的路旁，一拳一拳像小孩子的拳头似的小草，长得很多；拳的左右上下，满长着了些绎黄的绒毛，仿佛是野生的虫类，我起初看了，只在害怕，走路的时候，若遇到一丛，总要绕一个弯，让开它们，但阿千却笑起来了，他说：

“这是薇蕨，摘了去，把下面的粗干切了，炒起来吃，味道是很好的哩！”

渐走渐高了，山上的青红杂色，迷乱了我的眼目。日光直射在山坡上，从草木泥土里蒸发出来的一种气息，使我呼吸感到了困难；阿千也走得热起来了，把他的一件破夹袄一脱，丢向了地下。教我在一块大石上坐下歇着，他一个人穿了一件小衫唱着戏去砍柴、采野果去了；我回身立在石上，向大江一看，又深深地、深深地得到了一种新的惊异。

这世界真大呀！那宽广的水面！那澄碧的天空！那些上下的船只，究竟是从哪里来，上哪里去的呢？

我一个人立在半山的大石上，近看看有一层阳炎在颤动着的绿野桑田，远看看天和水以及淡淡的青山，渐听得阿千的唱戏声音幽下去远下去了，心里就莫名其妙地起了一种渴望与愁思。我要到什么时候才能大起来呢？我要到什么时候才可以到这像在天边似的远处去呢？到了天边，那么我的家呢？我的家里的人呢？同时感到了对远处的遥念与对乡井的离愁，眼角里便自然而然地涌出了热泪。到后来，脑子也昏乱了，眼睛也模糊了，我只呆呆地立在那块大石上的太阳里做幻梦。我梦见有一只揩擦得很洁净的船，船上面张着了一面很大很饱满的白帆，我和祖母、母亲、翠花、阿千等都在船上，吃着东西，唱着戏，顺流下去，到了一处不相识的地方。我又梦见城里的茶店酒馆，都搬上山来了，我和阿千便在这山上的酒馆里大喝大嚷，旁边的许多大人，都在那里惊奇仰视。

这一种接连不断的白日之梦，不知做了多少时候，阿千却背了一捆小小的草柴，和一包刺莓、映山红、乌米饭之类的野果，回到我立在那里的大石边来了；他脱下了小衫，光了脊肋，那些野果就系包在他的小衫里面的。

他提议说，时候不早了，他还要砍一捆柴，且让我们吃着野果，先从山腰走向后山去罢，因为前山的草柴，已经被人砍完，第二捆不容易采刮拢来了。

慢慢地走到了山后，山下的那个真觉寺的钟鼓声音，早就从春空里传送到了我们的耳边，并且一条青烟，也刚从寺后的厨房里透出了屋顶。向寺里看了一眼，阿千就放下了那捆柴，对我说：“他们在烧中饭了，大约离吃饭的时候也不很远，我还是先送你到寺里去罢！”

我们到了寺里，祖母和许多同伴者的念佛婆婆，都张大了眼睛，惊异了起来。阿千走后，她们就开始问我这一次冒险的经过，我也感到了一种得意，将如何出城，如何和阿千上山采集野果的情形，说得格外详细。后来坐上桌去吃饭的时候，有一位老婆婆问我：“你大了，打算去做些什么？”我就毫不迟疑地回答她说：“我愿意去砍柴！”

故乡的茶店酒馆，到现在还在风行热闹，而这一位茶店酒馆里的小英雄，初次带我上山去冒险的阿千，却在一年涨大水的时候，喝醉了酒，淹死了。他们的家族，也一个个地死的死，散的散，现在没有生存者了；他们的那一座牛栏似的房屋，已经换过了两三个主人。时间是不饶人的，盛衰起灭也绝对无常：阿千之死，同时也带去了我的梦，我的青春！

骑马

——叶圣陶

我小时候，苏州地方还没有人力车，代步的是轿子和船。一些墙内人家的女眷，哪怕所要去的地方就在本城，出门总要依靠这两种交通工具。男人呢，为着比较体面的庆吊应酬出门大都坐轿子，往城外乡间去上坟之类大都坐船，平时出门，好在至多不过三四条巷，那就走走罢了。

那时候已经通行了脚踏车，可是很少见。骑脚踏车的无非是教会里的外国人，以及到过了上海得风气之先的时髦小伙子。偶然看见一个人骑着一辆脚踏车在铺着小石块的路上经过，抖抖抖抖的似乎要把全身的骨节都震得发酸，在几乎肩贴肩走着的两个人中间，只这么一闪，就插过去了；这使大家感到新奇，不免停了脚步，回过头去望那好像只有一片的背影。

和脚踏车一样需要自己驾驶的，还有驴子和马。可是骑驴子骑马，意义不只在代步，把他当作一件玩意儿的居多。骑了驴子往玄妙观去吧，骑了马往虎丘去吧，并不都因为玄妙观和虎丘路远走不动，却在借此题目尝一尝控纵驰骋的快乐。

一般人对于驴子和马，用两样的眼光来看待。驴子，那长耳朵的灰黑色的畜生，畜养它的只是借此为生的驴夫，一匹驴子又不值几个钱，所以大家都不把它看作奢侈品。无论是谁，骑骑驴子，还不至于惹人非议。马，那昂然不群的畜生，可不同了，虽然多数的马也由马夫畜养，但是很有几个浮华的少爷名门的败子家里也养着马，所以大家都把它看作要不得的奢侈品。谁如果骑着马在路上经过，有点认识的人就不免窃窃私议，某人堕落了，他竟骑着马。这种想法，在别的事例上也常常可以看到。从前我们地方一些规矩人都不喜欢穿广东的拷绸，因为拷绸是所谓“流氓”之类惯用的衣料。马既是浮华的少爷名门的败子的玩意儿，规矩的有教养的人当然不应该骑它，这好像是很周密的推理。

当时我们一班中学生可没有顾到这一层，一时高兴，竟引起了骑马的风尚。原因是有一个同学在陆军小学读过一年书，他会骑马，把骑马的趣味说得天花乱坠，大家听得痒痒的，都想亲自来试一试。刚好学校近旁有一片兵营里的校场，校场东边是一条宽阔的道路，两旁种着柳树，正是试马的好所在。马夫养马的草棚又正在校场的西北角，花一毛钱，就可以去牵一匹出来，骑它一个钟头。于是你也去试骑，我也去试骑，最盛的时候，竟有二十多人同时玩这宗新鲜的玩意儿。

…………

有一回，我就这样从马上跌了下来。那一天，我跟在那个读过陆军小学的同学的后面，在我背后更有好几匹马。起初是“小走”，忽然前面的那个同学把缰绳一扣，他的马开始“跑开”了。我的马立即也就换了步调。我没有提防，大概马跑了两三步，我就往左侧里倒翻下来。后面的几匹马怎么一脚也不曾踏着我，我至今还是不明白。当时如果有一个马蹄竟踏着了我的脑壳或是胸膛，我的生命早在中学二年级时候完毕了。

我跌了下来就不省人事。醒来的时候，很觉得奇怪，我是通学生，怎么睡在寄宿舍里的一张床上。又好像时间很晚了，已经吃过晚饭。其实还是上午十一点过后，我只昏迷了一点钟多一点儿。想了一会儿，才把刚才的事情想起来。坐起来试试，居然没有什么痛苦，只觉得浑身软软的，像病后起身的光景。我赶紧跑回家，像平时一样吃午饭，绝口不提跌跤的事——在外面骑马，我本来就不曾在父母面前提起过。直到前几年，儿子在外面试着骑马，回来谈他的新经验，我才把那一回跌跤的事情说出来。母亲听了，微皱着眉说："你不回来说，我们在家里哪里知道。这种危险的事情，还是不要去试的好。"她现在为孙儿担心了。

当时我们骑马，现在想起来，在教师该是一桩讨厌的事情。那时候学校比较放任，校长是一个自以为维新的人物，虽然不曾明白提倡骑马，对于其他运动却颇着力鼓励。七八匹马在学校墙外跑过，铃声蹄声闹成一片，他绝不会不知道。他为什么不禁止呢？大概以为这也是一项运动，不妨任学生去练习吧。但是多数教师却受累了。他们有着一般人的偏见，以为骑马是不端的行为，眼睁睁地看学生骑着马在旁边跑过，总似乎有失体统。于是有故意低着头走过去，假作不知道马背上是什么人的，也有远远望见学生的马队从前面跑来，立刻转身，或者转从别的路走了的。他们一定在怨恨着学生，为什么不肯体谅教师，离开学校远一点去练习你们的骑术呢！

（节选）

童年乐事

—— 林海音

我的生活兴趣很广泛，也很平凡。我喜欢热闹，怕寂寞，从小就爱往人群里钻。

记得小时候在北平的夏天晚上，搬个小板凳挤在大人群里听鬼故事，越听越怕，越怕越要听。猛一回头，看见黑黝黝的夹竹桃花盆里，小猫正在捉壁虎，不禁吓得呀呀乱叫。但是把板凳往前挪挪，仍然怂恿大人讲下去。

在我七八岁的时候，北平有一种穿街绕巷的"唱话匣子的"，给我留下很深的印象。也是在夏季，每天晚饭后，抹抹嘴，急忙跑到大门外去张望。先是卖晚香玉的来了。用晚香玉串成美丽的大花篮，一根长竹竿上挂着五六只，妇女们喜欢买来挂在卧室里，晚上满室生香。再过一会儿，"换电灯泡儿的"又过来了。他背着一个匣子，里面是新新旧旧的电灯泡。拿家里断了丝的旧灯泡，贴几个钱，跟他换新的。我一直不明白，他拿了旧灯泡去做什么用。然后，我最盼望的"唱话匣子的"来了！他背着"话匣子"(后来改叫留声机，现在要叫电唱机了)，提着大喇叭。

我看见了，就飞跑进家，一定要求母亲叫他进来。母亲搅不过我，总会依了我。只要母亲一答应，我又拔脚飞跑出去，还没跑出大门就喊："唱话匣子的！别走！别走！"

其实那个"唱话匣子的"，看见我跑进家去，当然就会在门口等着，不得到结果，他是不会走掉的。讲价钱的时候，门口围上一群邻居小朋友，他们都用羡慕的眼光看着。讲好价钱进来，围着的人，就会挨挨蹭蹭地跟进来，北平的土话叫"听蹭儿"，就是不花钱听戏的意思。

"唱话匣子的"，把那大喇叭装在话匣子上，然后摆上百代公司的唱片，把弦摇紧，唱片转动了，先是那句开场白："百代公司特请梅兰芳老板唱《宇宙锋》。"金刚钻的针头在该退休的唱片上，摩擦出吱吱扭扭的声音，刺刺啦啦地唱起来了，有时像猫叫，有时像破锣。如果碰到新到的唱片，还要加价呢！因为是熟主顾，最后总会饶上一张《洋人大笑》的唱片，还没开转呢，大家就笑了，等到真正洋人大笑时，大伙儿笑得更凶了，乱哄哄的，唱片里，唱片外，笑成一片了。

母亲时代的儿童教育和我们现在不同，妈妈那时候交给张妈一块钱，叫她带我们小孩儿到"城南游艺园"去，游艺园里面什么娱乐都有，你可以听文明戏，你可以听京戏，也可以去看穿着燕尾服的魔术师"变戏法儿"，看扎着长辫子的大姑娘唱大鼓，看露天电影。大戏场里是男女分座的，有时观众忽然叫"好"，原来"扔手巾把儿的"，正把一束热腾腾的湿毛巾扔到楼上去，扔得美，接得准，难怪要叫"好"了。大戏总是最后散场，已经夜半，才雇洋车回家。

我所记忆的童年生活，都是热闹而幸福的，是真正的快乐，无忧无虑，不折不扣的快乐。

3

再难走的路途也有风景

我还记得我母亲爱吃京冬菜。
这东西我们家乡是没有的，
是托做京官的亲戚带回来的，
装在陶制的罐子里。

第一次投稿

——张恨水

由于穷，我也就开始自找出路。我不是喜欢看《小说月报》吗？我每月总要节省两角钱，买一期《小说月报》看。在背页的广告上，月报有征求稿件的启事，并定了每千字三元。我很大胆的，要由这里试一试。那时学校里正因闹风潮而停课。我就在理化讲堂上，偷偷地写起应征的小说来。为什么偷偷地呢？就由于怕人家笑我不自量力。这理化讲堂，是一幢小洋楼，楼下是花圃，楼外是苏州名胜留园，风景很好。我一个人坐在玻璃窗下，低头猛写。偶然抬头，看到窗外竹木依依，远远送来一阵花香，好像象征了我的前途乐观，我就更兴奋地写。

在三日的工夫里，我写好了两个短篇，一篇是《旧新娘》，是文言的，约有三千字。一篇是《桃花劫》，是白话的，约四千字。前者说一对青年男女的婚姻笑史，是喜剧。后者写了个孀妇自杀，是悲剧。稿子写好了，我又悄悄地付邮，寄去商务印书馆《小说月报》编辑部。稿子寄出去了，我也就是寄出去了而已，并没有任何被选的幻想。因为我对《小说月报》的作者，一律认为是大文豪，我太渺小了，我怎能做挤进文豪队里的梦呢？

事有出于意外，四五天后，一个商务印书馆的信封，放在我寝室的桌上。我料是退稿，悄悄地将它拆开。奇怪，里面没有稿子，是编者恽铁樵先生的回信。信上说，稿子很好，意思尤可钦佩，容缓选载。我这一喜，几乎发了狂了。我居然可以在大杂志上写稿，我的学问一定很不错呀！我终于忍不住这阵欢喜，告诉了要好的同学，而且和恽先生通过两回信。但是我那两篇稿子，一月又一月，一年又一年，直等恽先生交出《小说月报》给沈雁冰先生的那一年，共是十个年头，也没有露脸。换句话说，是丢下纸篓了。

这是我第一次投稿，也是我第一次作品“流产”。

梦回蒙自

——宗璞

对我的父亲——冯友兰先生来说，蒙自是一个有特殊意义的地方。

一九三八年春，北大、清华、南开三校从暂驻的衡山湘水迁到昆明，成立了西南联合大学。因为昆明没有足够的校舍，文学院和法学院移到蒙自，停留自四月至八月。我们住在桂林街王维玉宅，那是一个有内外天井、楼上楼下的云南民宅。一对年轻夫妇住楼上，他们是陈梦家和赵萝蕤。我们住楼下。在楼下一间小房间里，父亲修订完毕《新理学》，交小印刷店石印成书。

《新理学》是哲学家冯友兰哲学体系的奠基之作，初稿在南岳写成。自序云："稿成之后，即离南岳赴滇，到蒙自后，又加写鬼神一章，第四章、第七章亦大修改，其余各章字句亦有修正。值战时，深恐稿或散失。故于正式印行前，先在蒙自石印若干部，分送同好。"此即为最初的《新理学》版本。其扉页有诗云："印罢衡山所著书，踌躇四顾对南湖。鲁鱼亥豕君休笑，此是当前国难图。"据兄长冯钟辽回忆，父亲写作时，他曾参加抄稿。大概就是《心性》《义理》和《鬼神》这几章。我因年幼，涂鸦未成，只会捣乱，未获准亲近书稿。

《新理学》石印现仅存一部，为人民大学石峻教授所藏。纸略作黄色，很薄，字迹清晰。这书似乎是该在煤油灯或豆油灯下看的。

蒙自是个可爱的小城。文学院在城外南湖边，原海关旧址。据浦薛凤记："一进大门，松柏夹道，殊有些清华工字厅一带情景。故学生有戏称昆明如北平，蒙自如海淀者。"父亲每天到办公室，我和弟弟钟越随往。我们先学习一阵（似乎念过《三字经》），就到处闲逛。园中林木幽深，植物品种繁多，都长得极茂盛而热烈，使我们这些北方孩子瞠目结舌。记得有一段路全为蔷薇花遮蔽，大学生坐在花丛里看书，花丛暂时隔开了战火。几个水池子，印象中阴沉可怖，深不可测，总觉得会有妖物从水中钻出。我们私下称之为黑龙潭、白龙潭、黄龙潭，不知现在去看，还会不会有这样的联想。

南湖的水颇丰满，柳岸河堤，可以一观。有时父母携我们到湖边散步。那时父亲是四十三岁，半部黑髯（胡子不长，故称半部），一袭长衫，飘然而行。父亲于一九三八年自湘赴滇途经镇南关折臂，动作不便，乃留了胡子。他很为自己的胡子长得快而骄傲。当年闻一多先生参加步行团，从长沙一步步走到昆明，也蓄了大胡子。闻先生给家人信中说："此次搬家，搬出好几个胡子。但大家都说，只我和冯芝生的最美。"

记得那时有些先生的家眷还没有来，母亲常在星期六轮流请大家用点家常饭。照例是炸酱面，有摊鸡蛋皮、炒豌豆尖等菜肴。以后到昆明也没有吃过那样好的豌豆尖了。记得一次听见父亲对母亲说，朱先生（自清）警告要来吃饭的朋友说，冯家的炸酱面很好吃，可小心不要过量，否则会胀得难受。大家笑了半天。

那时新滇币和中央法币的比值是十比一，旧滇币和新滇币的比值也是十比一，都在流通。用法币计算，鸡蛋一角钱可买一百个，以法币为工资的人不愁没钱用。在抗战八年的艰苦日子里，蒙自数月如激流中一段平静温柔的流水，想起来，总觉得这小城亲切又充满诗意。

当时生活虽然平静，人们未尝少忘战争。而且抗战必胜的信心是坚定的，那是全民族的信心。一九三八年七月七日，学校和当地民众在旧海关旷地举行抗战纪念集会。父亲出席做讲演，强调一年来抗战成绩令人满意，中国必将取得最后胜利。又言战争固能破坏，同时也将取得文明之进步，并鼓励学术界提高效率。浦薛凤说这次讲演“语甚精当”。

在那战火纷飞的年月，学生常有流动。有的人一腔热血，要上前线；有的人追求真理，奔赴延安。父亲对此的一贯态度还是一九三七年抗战前在清华时引用《左传》的那几句话：“不有居者，谁守社稷？不有行者，谁扞牧圉？”奔赴国难或在校读书都是神圣的职责，可无论做什么都要做好。

清华第十级在蒙自毕业，父亲为毕业同学题词：“天将降大任于斯人也，必先苦其心志，劳其筋骨，饿其体肤，空乏其身，行拂乱其所为，所以动心忍性，增益其所不能。第十级诸同学由北平而长沙衡山，由长沙衡山而昆明蒙自，屡经艰苦，其所不能，增益盖已多矣。书孟子语为其毕业纪念。”

一九八八年第十级毕业五十年，要出一纪念刊物。王瑶（第十级学生）教授来请父亲题词，父亲题诗云：“曾赏山茶八度花，犹欣南渡得还家。再题册子一回顾，五十年间浪淘沙！”

如今又是五年过去了，父亲也去世三年有余了。岁月流逝，滚滚不尽；哲人留下的足迹，让人长思。

我的母亲

——汪曾祺

我父亲结过三次婚。

我的生母姓杨。我不知道她的学名。杨家不论男女都是排行的。我母亲那一辈“遵”字排行，我母亲应该叫杨遵什么。前年我写信问我的姐姐我们的母亲叫什么。姐姐回信说：叫“强四”。我觉得很奇怪，怎么叫这么个名呢？是小名么？也不大像。我知道我母亲不是行四。一个人怎么会连自己母亲的名字都不知道呢？因为我母亲活着的时候我太小了。

我三岁的时候，母亲就故去了。我对她一点印象都没有。她得的是肺病，病后即移住在一个叫“小房”的房间里，她也不让人把我抱去看她。我只记得我父亲用一个煤油箱自制了一个炉子。煤油箱横放着，有两个火口，可以同时为母亲熬粥，熬参汤、燕窝。另外还记得我父亲雇了一只船陪她到淮城去就医，我是随船去的。还记得小船中途停泊时，父亲在船头钓鱼，我记得船舱里挂了好多大头菜。我一直记得大头菜的气味。

我只能通过母亲的画像看看她。据我的大姑妈说，这张像画得很像。画像上的母亲很瘦，眉尖微蹙。样子和我的姐姐很相似。我母亲是读过书的。她病倒之前每天还写一张大字。我曾在我父亲的画室里找出一摞母亲写的大字，字写得很清秀。

前年我回家乡，见着一个老邻居，她记得我母亲。看见过我母亲在花园里看花——这家邻居和我们家的花园只隔一堵短墙。我母亲叫她“小新娘子”。“小新娘子，过来过来，给你一朵花戴。”我于是好像看见母亲在花园里看花，并且觉得她对邻居很和善。这位“小新娘子”已经是八十多岁的老太太了！

我还记得我母亲爱吃京冬菜。这东西我们家乡是没有的，是托做京官的亲戚带回来的，装在陶制的罐子里。

我母亲死后，她养病的那间“小房”锁了起来，里面堆放着她生前用的东西，全部嫁妆——“摞橱”、皮箱和铜火盆，朱漆的火盆架子……我的继母有时开锁进去，取一两样东西，我跟着进去看过。“小房”外面有一个小天井。靠南有一个秋叶形的小花台。花台上开了一些秋海棠。这些海棠自开自落，没人管它。花很伶仃，但是颜色很红。

我的第一个继母娘家姓张。她们家原来在张家庄住，是个乡下财主。后来在城里盖了房子，才搬进城来。房子是全新的，新砖，新瓦，油漆的颜色也都很新。没有什么花木，却有一片很大的桑园。我小时就觉得奇怪，又不养蚕，种那么多桑树做什么？

都在这三间偏房里和姑妈在一起。我父亲到老丈人那边应酬应酬，说些淡话，也都在“这边”陪姑妈闲聊。直到“那边”来请坐席了，才过去。

继母身体不好。她婚前咳嗽得很厉害，和我父亲拜堂时是服用了一种进口的杏仁露压住的。

她是长女，但是我的外公显然并不钟爱她。她的陪嫁妆奁是不丰的。她有时准备出门做客，才戴一点首饰。比较好的首饰是副翡翠耳环。有一次，她要带我们到外公家拜年，她打扮了一下，换了一件灰鼠的皮袄。我觉得她一定会冷。这样的天气，穿一件灰鼠皮袄怎么行呢？然而她只有一件皮袄。我忽然对我的继母产生一种说不出来的感情。我可怜她，也爱她。

后娘不好当。我的继母进门就遇到一个局面，“前房”(我的生母)留下三个孩子：我姐姐，我，还有一个妹妹。这对于“后娘”当然会是沉重的负担。上有婆婆，中有大姑子、小姑子，还有一些亲戚邻居，她们都拿眼睛看着，拿耳朵听着。

也许我和娘(我们都叫继母为娘)有缘，娘很喜欢我。

她每次回娘家，都是吃了晚饭才回来。张家总是叫了两辆黄包车，姐姐和妹妹坐一辆，娘搂着我坐一辆。张家有个规矩(这规矩是很多人家都有的)，姑娘回自己婆家，要给孩子手里拿两根点着了的安息香。我于是拿着两根安息香，偎在娘怀里。黄包车慢慢地走着。两旁人家、店铺的影子向后移动着，我有点迷糊。闻着安息香的香味，我觉得很幸福。

小学一年级时，冬天，有一天放学回家，我大便急了，憋不住，拉在裤子里了(我记得我拉的屎是热腾腾的)。我兜着一裤兜屎，一扭一扭地回了家。我的继母一闻，二话没说，赶紧烧水，给我洗了屁股。她把我擦干净了，让我围着棉被坐着。接着就给我洗衬裤刷棉裤。她不但没有说我一句，连眉头都没有皱一下。

我妹妹长了头虱，娘煎草药给她洗头，用篦子给她篦头发。张氏娘认识字，念过《女儿经》。《女儿经》有两个版本，她念过的那本，她从娘家带过来，我看过。里面有这样的句子：“张家长，李家短，别人的事情我不管。”她就是按照这一类道德规范做人的。她有时念经：《金刚经》《心经》和《高王经》。她是为她的姑妈念的。

她做的饭菜有些是乡下做法，比如番瓜(南瓜)熬面疙瘩、煮百合先用油炒一下。我觉得这样的吃法很怪。

她死于肺病。

我的第二个继母姓任。任家是邵伯大地主，庄园有几座大门，庄园外有壕沟吊桥。

我父亲是到邵伯结的婚。那年我已经十七岁，读高二了。父亲写信给我和姐姐，叫我们去参加他的婚礼。任家派一个长工推了一辆独轮车到邵伯码头来接我们。我和姐姐一人坐一边。我第一次坐这种独轮车，觉得很有趣。

我已经很大了，任氏娘对我们很客气，称呼我是“大少爷”。我十九岁离开家乡到昆明读大学。一九八六年回乡，这时娘才改口叫我“曾祺”——我这时已经六十六岁，也不是什么“少爷”了。我对任氏娘很尊敬。因为她伴随我的父亲度过了漫长艰苦的沧桑岁月。

她今年八十六岁。

一九九二年七月十一日

我的两位老师

——萧乾

我早年——也就是（二十世纪）二十年代——读书时，学校里颇有几位老师是体罚主义的坚定信奉者，认为仅凭尺二夏楚，多么刁顽的后生也能打得驯顺，多么懒怠的，也必可勤奋起来。他们中间，特别凶狠的是一位教代数的老师。他的脾气暴得像三伏天炎日下的柴火，一点就着。课堂里的秩序靠板子维持，学生的作业也靠板子来督促。他脸上有麻子，而且麻得厉害。每次风暴到来之前，我都觉得他的麻粒总是由青而紫。接着，他就抡起他所倚重的那件“教育”武器，就在我们手心上显示起威风来。有一阵子，我这由私塾混过来的学生，忽然对代数产生起浓厚的兴味，觉得代数题好像有点情节，而“设 X”还颇能启发点想象力。然而经过他两顿清脆而沉重的板子，科学在我幼小心灵中露出的那点点幼芽，就永远枯萎了。

当时我们念的课本叫《温德华氏代数学》，大概是根据什么外国教科书改编的。书挺厚，要一块多钱一本。每天上下学途中，我都小心翼翼地把它同旁的教科书裹在一块蓝布包袱皮里，夹在腋下。可有一天走在东直门大街上，突然对面奔来一匹惊马，它像发了疯般地在马路中心横冲直撞起来。顿时街上人声鼎沸，我也没命地朝一家专营殡葬的杠房大黑门跑去。哎呀，迈沟的时候一不小心，蓝布袱散了。我慌忙把零乱的书册拾了起来，重新包起，躲进那家杠房。

晚上一温习功课才发现：糟了，“温德华”不见了。我急得干跺脚，可又没敢声张，生怕堂兄知道了先揍起我来。对我来说，再也没有比丢失“温德华”所造成的危机更大的了，因为比这轻得多的过失也要招致一顿重打呢！我溜出大门，摸着黑儿跑回惊马的地方找，还去敲杠房的门，问掌柜的可曾见到那本书，掌柜的说：“什么‘温德华’‘热德华’的，没有！”然后，咣当一声，板门又关上了。

那一夜我尽做噩梦，天好像塌了下来。早晨，我提心吊胆地走向学校。上代数课之前，我央求邻座的同学把书放在两人合用的课桌当中。他吐了下舌头，就答应了。

可是，他答应了管什么用！站在讲台上的老师就像只目光炯炯的老鹰，我缩在座位上，自知是他的猎物。

果然上课没多久，他就发现单单在我们这张课桌上，只有一本书。老鹰立刻张开翅膀扑了过来。

几分钟后，我抚着红肿的手，淌着泪，回到座位上。老鹰在讲台上横眉立目（一手还攥着那个刚才抽过我手心的板子）大声咆哮道：“哪天你不带书来，哪天照样揍，把书揍出来算！”

手心热辣辣的像针扎的那么痛。同学们怜惜的目光从四下里射向我。我呢，一边呜咽，一边咬着下嘴唇，心里在盘算着。

那时刚好是月头上，是交饭费的时候。记得当时每月饭费是两块半大洋。我有了主意。我向管膳务的先生说明了情况，苦苦哀求他，准许我只吃早饭和晚饭。这样，中饭的钱就可以省下来买那本“温德华”了。

这本来是没有先例的，但那人的心肠软，并且也耳闻过麻老师的威风，就真的同意了。

于是，每当中午下课，大家熙熙攘攘拥到饭厅里去吃午饭的时候，我就一个人留在篮球场上，无精打采地投篮。现在回想起来，真太傻了。肚子本来就饿得叽里咕噜地响，眼前冒金星，还投哪门子篮！可小时偏偏就那么傻，而且还逞能！当有人路过球场，好奇地问我干吗不去吃午饭的时候，我还笑嘻嘻地说：“不饿。”样子装得满不在乎。

有一位教高班地理的贾老师——哎，现在我连他的名字也忘掉了，只记得他戴副近视眼镜，是个细高挑儿——听了我那个答复并不满足。他跑去问我班上的同学，才弄明了真相。

他不声不响地替我补上了饭费，然后把我叫到教员休息室去，用充满温情的目光望着我，说：“不是你粗心，是马惊了，这怪不得你。从明天起，你去吃午饭吧。”

我含着泪问他：“那——钱呢？”

他把手一挥，用诙谐的口吻说：“等你毕了业，再双倍还我。”

谁想到没等毕业，我就被开除了。那以后，走南闯北，这位贾老师的慈祥面孔却时常在我的记忆中出现，每次都感到一泓暖意。

啼声

——叶圣陶

睡眠不得宁贴的，莫过于怀中抱着婴孩的母亲了。独对寒月的思妇，含泪阖眼的鳏夫，睡眠都比她宁贴。唯有她，完全抛开了自己，竟不把睡眠当一回事。眼睛虽或阖着，有时也发出疲倦的鼾声，然而心神是永远清醒的。这清醒的心神凝定专一，只守护着熟睡的婴孩，婴孩一伸手，一转侧，没有不感应似地立时觉察出来。不但如此，便是婴孩的一切感觉，没有什么外面表现的感觉，她也能觉察，好像受了神秘的启示。婴孩没有放出饥饿的啼声时，她就给奶吃；婴孩将要张开疲倦的小眼时，她就拥抱得更紧贴一点。这样，她的睡眠就不成为睡眠了。

妻趺坐着，抱着新生的女婴给奶吃了。昏黄的灯光透过蚊帐，她俩就占据在这闷热的昏黄的方的空间里。不知道是什么时候，细碎的钟摆声不能告诉我们时刻。约略听得窗外有细细屑屑的雨点声，但也不一定是雨点，细听去却又没有了。

女婴吃了一会儿奶，忽然哭了，声音很激越，有极短的间歇。妻轻轻地拍着她的小身躯，同时发出柔美的睡梦似的呜声。但是没有效果，女婴的啼声依然不止，而且有点沙哑无力了。

我想：今夜妻已经坐起了好几回。她的心神固然永远清醒着，她的身躯总该睡一会儿。现在女婴的啼哭不会一时便歇，要她熟睡，时间当然更长，那么今夜妻的睡眠不将无望了么？

我这么想着，便起来将女婴接过来。同时叫妻躺下去睡，毫不经心地睡；我自会抱她，呜她，待她止了哭，睡熟了，也会拥着她。有几夜我们也曾这么做，不是第一次了。于是妻就侧身躺下，散乱的头发盖着她尚未恢复的苍白的左颊，入睡了。

到了我的床上，我靠着枕头，半躺地坐着。女婴的啼声弛缓而轻微了。她的略微张开的眼睛，有些不成滴的泪痕，似乎瞪视着我。丰满的两颊，嘟起的可爱的小嘴唇，虽然二十多天内看惯了，还像乍见似的，只觉得这形象蕴蓄着无限的希望；便在昏晕的灯光里，我的倦眼仍不厌地看着她。我也同妻一样轻轻地拍着她的小身躯，还发出粗劣而不中节的倦怠的呜呜声。这样不知经过了多少时间，她的啼声听不见了。

女婴向我开口了。这是这样的：她不仅是她，也就是人间无量数的子女和学童。我听了她的话，同时也听了人间无量数的子女和学童的话。我不仅是我，也就是人间无量数的父母和教师。我在听着，人间无量数的父母和教师也在听着。她和我都变化了，一个就是众多，众多就是一个。但是我绝不觉得这回事有点奇怪，只觉得情形本来如此。

她没有开口之前，举起小拳头向我作打击的姿势，眼睛张得很大，射出愤怒的光。语声从小嘴里发出，很有威严，使我懔然。她说：“你这么拍我，呜我，在你以为是爱我；如其不往深处想，我也可以承认你是爱我。但是，你终究是我的仇敌！”

这多么足以惊怪，突然指我们是他们的仇敌！既然爱了，为什么又是仇敌呢？这时候我觉得“我”和“我们”竟是意义相同的，可以随便换用的两个代词了；而“她”和“他们”，“你”和“你们”也一样。我心里虽然惊怪，却并不开口问她，为的什么，我自己也不明白。

“你们试想，你们所谓爱我们的，有多少意义？不如确切一点说，这是你们自己的游戏和消遣。先问你们：你们曾为我们的身体着想而寻求过适宜的保育方法么？你们曾为我们的智慧着想而给予过有价值的玩具么？你们曾为我们特设过一种好的环境么？你们曾为我们说过一些好的话语么？你们曾针对我们的需要而赋予过么？你们曾觉察我们的危害而预防过么？总之一句话，你们曾真个为我们尽过一点心么？”

我只是不开口。她的——也可以说他们的——脸上露出鄙夷和嘲讽的神情，接着说：“为什么不开口？答不出来么？自知的确不曾有过，不好意思开口么？看你们那样羞惭的眼光，知道后面一句话我们说中了。真个不曾有过，却还自以为爱我们！这种肤浅的爱值得什么呢？

“你们只是游戏和消遣罢了！不管是什么食品，你们高兴的时候，便是粘韧难以消化的，也同喂猫狗一般给我们吃了。我们所需要的营养料，你们反而不给，因为你们觉得没意思。不管是什么衣物，你们以为可以装饰你们的小玩偶的时候，便是笨重累赘的也给我们穿了戴了。我们所需要的轻暖舒适的服饰，你们反而不给，因为你们不喜欢。你们中间穷苦的，给我们吃，有一顿没一顿，给我们穿，掩了下身掩不了上身。黑暗的积满灰尘的屋角里，我们被扔在那里蜷缩着。繁殖着臭虫蚤虱的草铺上，我们被扔在那里躺着。这就是你们的保育方法了。

“你们中间，有些人同牛马一般，肩背上担负着不可堪的工作，要我们帮一点忙，便将笨重的工具授予我们，叫我们软弱无力的小手拿着，也照样工作。有些人读惯了某些书本，看惯了某些画幅，要我们尝到同样的滋味，便将那些书本画幅授予我们，叫我们照样读着看着。你们喜欢赌博，当赢了钱非常乐意的时候，就给我们一副纸牌，叫我们照样玩去。

你们喜欢参拜神像，当参拜完毕，信心坚强的时候，就给我们一个蒲团，叫我们多拜几拜。这些就是你们所给予的玩具了！

“空旷的原野，你们以为是野蛮人居住的地方。葱绿的树林，你们说里边藏着老虎。小刀小斧小锥小凿是下流的木匠的家伙；颜色铅粉有什么用，又不要当什么画小照的旁画工……你们是常常这么说的。你们要将你们的小玩偶 造成个又斯文又高贵的东西，所以把我们藏在又方正又简单的房间庭院里。你们的院子和校园，干净到一无所有。你们的房间和课堂里，方方的桌子，方方的椅子，一不小心就会撞破了头，使我们不敢奔跑。你们中间穷苦的，又何尝不希望有那样又方正又简单的房间庭院，将我们养在里边；不过办不到罢了。可是，你们的家又太过狭窄杂乱了，粥锅，便器，草席，桌，凳，种种东西尽将我们挤，将我们挤到了门外。于是我们只能在泥渍水浸风沙飞扬的街上打滚。这就是你们给予我们的环境！

“你们又何尝同我们谈过话！你们坚信小玩偶不是你们谈话的对手，你们自有你们的高尚而有意义的思想，不是我们所能懂得的。你们中间操劳的，自己当机器还来不及，自然也不同我们谈话。只有你们快活的时候，才‘小宝贝’‘小心肝’地叫一阵；不爽快的时候，就‘讨厌的东西’‘我要打了’‘快给我滚开’地骂一回。这使我们不能想清楚一个念头，说完全一句话，因为想念头和说话都靠谈话做钥匙，而你们对我们只有欢叫和怒骂！

“感谢你们，特地标出极重大的题目，像煞有介事地，教育我们了。你们保存着古昔传下来的记忆，相信这些完全是好的，因为合着你们的脾胃；你们就将全部传授给我们，还希望我们也照样传授下去。我们曾否需要你们这些，曾否感激你们的传授，你们却完全不问。你们自有你们的模型，我们是烂泥，要制造只供玩耍的泥人儿，将烂泥往模型里按就是了。这就是你们的教育！

“你们自身害了没法治的恶病，毫不经意地把我们生了下来，于是我们终身受冤屈，也害着恶病了。外间疫病流行的时候，你们如无其事，带着我们在病菌飞舞的地方乱走，于是我们得到传染，性命危险了。我们的学龄到了，你们随随便便地，把我们送到一个学校就算。我们的恶习萌芽了，你们还从旁赞扬，说你们的小玩偶乖觉。你们就是这样地不关心我们！

“总之，你们起劲的时候，便想起我们，照着自己的意思，取出来玩弄一番，正像猫儿弄垂死的老鼠当游戏，老太太用骨牌打五关做消遣。要是你们不起劲，没工夫，就同没有我们一样，我们被搁在一旁，在你们的心意中占不到百分之一的地位。

“你们究竟真个为我们尽过一点心么？一点，只要有一点，我们就承认你们有真个爱我们的根苗了。但是，这一点在哪里！”

她的——他们的——面容变得惨厉，声音带着凄楚了。我只是醉迷迷地听，不想开口。

“我们是要不停地前进，向将来走去的。这将来虽然尚在前方，但我们可以预测，多半是惨酷的遭遇。我们固然要奋发自己的能力，和那些惨酷的遭遇斗争。可是我们已经做了你们的玩物，你们的消遣品，我们已经被损害了。斗争的结果怎么样，正难说呢！

“你们听着：我们的身体将脆弱而多病！我们的情感将淡漠而无所属！我们的思想将拘束而不得自由！我们将无所有，无所能！我们将微小如沙粒，卑弱如蚯蚓！这都是你们的赏赐！你们究曾爱我们么？

“我们不曾请求你们做父母做教师呵！你们既然不自谦地做了，爱我们就是你们的责任。你们却不能爱！不能爱也罢了，退一步说，总该不给我们损害。你们偏又随时随地给我们损害！你们不是我们的仇敌么？

“我们不愿有虚幻的奢侈的希望——希求你们的爱，只欲抗拒你们将我们做游戏和消遣，就是你们自以为爱我们的那一套。至于我们，也决不能爱你们，因为我们没有受到你们一点好处，你们是我们的仇敌，不给帮助反加损害的仇敌！”她说着，哀哀地愤愤地哭了，我听见他们哀哀地愤愤地哭了。

妻的不眠的心神感应着女婴的哭声，爬起来，揭开蚊帐唤我。我醒了，听得稀疏的雨点敲着白铁水落的寂寞的声响。女婴在我臂弯里啼着，一副愁苦的脸，小胳臂用力舞动，手握着小拳头。

妻温柔地说：“我的心肝，到妈妈怀里来吧！”

我起身抱女婴给她，心中迷惘地想：“不要妈妈爸爸的，且求不至于做她的仇敌吧！”

一点经历

——金克木

我一九三〇年来北平，无家无业在这古都漂泊；只有过一次短期就业，那便是在北京大学图书馆当职员，和一位同事对坐在出纳台后，管借书还书。那不到一年的时间却是我学得最多的一段。书库中的书和来借书的人，以及馆中工作的各位同事都成为我的老师。经过我手的索书条我即注意，还书时只要来得及，我总要抽空翻阅一下没见过的书，想知道我能不能看得懂。那时学生少，借书的人不多；许多书只准馆内阅览，多半借到阅览室去看，办借出手续的人很少。高潮一过，我常到中文和西文书库中去瞭望并翻阅架上的五花八门的书籍，还向书库内的同事请教。当时是新建的楼，在沙滩红楼后面。书库有四层。下层是西文书，近便，去得多些。中间两层是中文书，也常去。最上一层是善本，等闲不敢去，去时总要向那里的老先生讲几句话，才敢翻书并请他指点一二。当时理科书另在一处，不少系自有图书室，这里大多是文科、法科的书，来借书的也是文科和法科的居多。他们借的书我大致都还能看看。这样，借书条成为索引，借书人和书库中人成为导师，我便白天在借书台和书库之间生活，晚上再仔细读读借回去的书。

借书的老主顾多是些四年级的写毕业论文的。他们借书有方向性。还有低年级的，他们借的往往是教师指定或介绍的参考书。其他临时客户看来纷乱，也有条理可寻。渐渐，他们指引我门路，我也熟悉了他们，知道了“畅销”和“滞销”的书，一时的风气，查找论文资料的途径，以至于有些人的癖好。有的人和我互相认识了。更多的是我认识他，他不认识我。这些读书导师对我的影响很大。若不是有人借过像《艺海珠尘》（丛书）、《海昌二妙集》（围棋谱）这类的书，我未必会去翻看。外文书也是同样。有一位来借关于绘制地图的德文书。我向他请教，才知道了画地图有种种投影法，经纬度弧线怎样画出来。他还介绍给我几本外文的入门书。可是我只当成常识，没有学习，辜负了他的好意。又有一次，来了一位数学系的学生，借关于历法的外文书。他在等书时见我好像对那些书有兴趣，便告诉我，他听历史系一位教授讲“历学”课，想自己找几本书看。他还开了几部不需要很深数学知识也能看懂内容的中文和外文书名给我。他这样热心，使我很感激。

教授们很少亲自来借书。有一次进来一位神气有点落拓的穿旧长袍的老先生。他夹着布包，手拿一张纸向借书台上一放，一言不发。我接过一看，是些古书名，后面写着为校注某书需要，请某馆长准予借出，署名是一位鼎鼎大名的教授。我连忙请他稍候，不把书单交给平时取书的人，自己快步跑上四楼书库。库内老先生一看就皱眉，说，他不在北大教书，借的全是善本、珍本，有的还是指定抽借一册，而且借去一定不还。这怎么办？后来才想出一个主意。我去对他恭恭敬敬地说，这些书我们无权出借。现在某馆长已换了某主任，请他到办公室去找主任批下来才好出借。他一听馆长换了新人，略微愣了一下，面无表情，仍旧一言不发，拿起书单，转身扬长而去。我望到他的背影出门，连忙抓张废纸，把进出书库时硬记下来的书名默写出来。以后有了空隙，便照单去找善本书库中人一一查看。我很想知道，这些书中有什么奥妙值得他远道来借，这些互不相干的书之间有什么关系，对他正在校注的那部古书有什么用处。经过亲见原书，又得到书库中人指点，我增加了一点对古书和版本的常识。我真感谢这位我久仰大名的教授。他不远几十里从城外来给我用一张书单上了一次无言之课。当然他对我这个土头土脑的毛孩子不屑一顾，而且不会想到有人偷他的学问。

（节选）

窃读记

——林海音

转过街角，看见三阳春的冲天招牌，闻见炒菜的香味，听见锅勺敲打的声音，我松了一口气，放慢了脚步。下课从学校急急赶到这里，身上已经汗涔涔的，总算到达目的地——目的地可不是三阳春，而是紧邻它的一家书店。

我趁着漫步给脑子一个思索的机会："昨天读到什么地方了？那女孩不知以后嫁给谁？那本书放在哪里？左角第三排，不错……"走到书店的门口，便可以看见书店里仍像往日一样地挤满了顾客，我可以安心了。但是我又担忧那本书会不会卖光了，因为一连几天都看见有人买，昨天好像只剩下一两本了。

我跨进书店门，暗喜没人注意。我踮起脚尖，使矮小的身体挨蹭过别的顾客和书柜的夹缝，从大人的腋下钻过去。哟，把短发弄乱了，没关系，我到底挤到里边来了。在一片花绿封面的排列队里，我的眼睛过于急切地寻找，反而看不到那本书的所在。从头来，再数一遍，啊！它在这里，原来不是在昨天那位置上。

我庆幸它居然没有被卖出去，仍四平八稳地躺在书架上，专候我的光临。我是多么高兴啊，又多么渴望地伸手去拿，但和我的手同时抵达的，还有一只巨掌，五个手指大大地分开来，压住了整本书："你到底买不买？"

声音不算小，惊动了其他顾客，全部回过头来，面向着我。我像一个被捉到的小偷，羞愧而尴尬，涨红了脸。我抬起头，难堪地望着他——那书店的老板，他威风凛凛地俯视着我。店是他的，他有全部的理由用这种声气对待我。我用几乎要哭出来的声音，悲愤地反抗了一句："看看都不行吗？"其实我的声音是多么软弱无力！

在众目睽睽下，我几乎是狼狈地跨出了店门，脚跟后面紧跟着的是老板的冷笑："不是一回了！"不是一回了？那口气对我还算是宽容的，仿佛我是一个不可以再原谅的惯贼。但我是偷窃了什么吗？我不过是一个无力购买而又渴望读到那本书的穷学生！

在这次屈辱之后，我的心灵确实受了创伤，我的因贫苦而引起的自卑感再次地发作，而且产生了对人类的仇恨。

我不再去书店，许多次我经过文化街都狠心咬牙地走过去。但一次，两次，我下意识地走向那熟悉的街，终于有一天，求知的欲望迫使我再度停下来，我仍愿一试，因为一本新书的出版广告，我从报上知道好多天了。

我再施惯技，又把自己藏在书店的一角。当我翻开第一页时，心中不禁轻轻呼道："啊！终于和你相见！"这是一本畅销的书，那么厚厚的一册，拿在手里，看在眼里，多够分量！受了前次的教训，我更小心地不敢贪婪，多去几家书店更妥当些，免得再遭遇到前次的难堪。

每次从书店出来，我都像喝醉了酒似的，脑子被书中的人物所扰，踉踉跄跄，走路失去控制的能力。"明天早些来，可以全部看完了。"

我告诉自己。想到明天仍可能占有书店的一角时，被快乐激动的忘形之躯，便险些撞到树干上去。

可是第二天走过几家书店都没看见那本书，像在手中正看得起劲的书被人抢去一样，我暗暗焦急，并且诅咒地想：皆因没有钱，我不能占有读书的全部快乐，世上有钱的人那么多，他们把书买光了。

我惨淡无神地提着书包，抱着绝望的心情走进最末一家书店。昨天在这里看书时，已经剩下最后一册，可不是，看见书架上那本书的位置换了另外的书，心整个沉了下去。

正在这时，一个耳朵架着铅笔的店员走过来了，看那样子是来招呼我（我多么怕受人招待），我慌忙把眼光送上了书架，装作没看见。但是一本书触着我的胳膊，轻轻地送到我的面前："请看吧，我多留了一天没有卖。"

啊，我接过书，羞得不知应当如何对他表示我的感激，他却若无其事地走开了。冲动的情感，使我的眼光久久不能集中在书本上。

当书店的日光灯忽地亮了起来，我才觉出站在这里读了两个钟点了。我合上了最后一页——咽了一口唾沫，好像所有的智慧都被我吞食下去了。然后抬头找寻那耳朵上架着铅笔的人，好交还他这本书。在远远的柜台旁，他向我轻轻地点点头，表示他已经知道我看完了，我默默地把书放回书架上。

我低着头走出去，黑色多皱的布裙被风吹开来，像一把支不开的破伞，可是我浑身都松快了。忽然想起有一次国文先生鼓励我们用功的话：

"记住，你是吃饭长大，也是读书长大的！"

但是今天我发现这句话不够用，它应当这么说：

"记住，你是吃饭长大，读书长大，也是在爱里长大的！"

苦学时代的教书生涯

——邹韬奋

我在做苦学生的时代，经济方面的最主要来源，可以说是做家庭教师。除在宜兴蜀山镇几个月所教的几个小学生外，其余的补习的学生都是预备投考高级中学的。好些课程由一个人包办，内容却也颇为复杂。幸而我那时可算是一个“杂牌”学生：修改几句文言文的文章，靠着在南洋公学的时候研究过一些“古文”；教英文文学，靠着自己平日对这方面也颇注意，南洋和约翰对于英文都有着相当的注重，尤其是约翰；教算学，不外“几何”和“代数”，那也是在南洋时所熟练的。诸君也许要感觉到，算学既是我的对头，怎好为人之师，未免误人子弟。其实还不至此，因为我在南洋附属中学时，算学的成绩还不坏，虽则我很不喜欢它。至少教“几何”和“代数”，我还能愉快胜任。现在想来，许多事真是在矛盾中进展着的。我在南洋公学求学的时候，虽自觉性情不近工科，但是一面仍尽我的心力干去，考试成绩仍然很好，仍有许多同学误把我看作“高才生”，由此才信任我可以胜任他们所物色的家庭教师。到约翰后，同学里面所以很热心拉我到他们亲戚家里去做家庭教师的人，也因为听说我在南洋是“高才生”；至少由他们看来，一般的约翰生教起国文和算学来总不及我这个由南洋来的“高才生”！我既然担任家庭教师的职务，为的是要救穷，但是替子弟延请教师的人家所要求的条件却不是“穷”，仅靠“穷”来寻觅职业是断然无望的。我自己由“工”而“文”，常悔恨时间的虚耗，但是在这一点上却无意中不免得到一些好处。

在我自己方面，所以要担任家庭教师，实在是为着救穷，这是已坦白自招的了（这倒不是看不起家庭教师，却是因为我的功课已很忙，倘若不穷的话，很想多用些工夫在功课方面，不愿以家庭教师来分心）。可是在执行家庭教师职务的时候，一点不愿存着“患得患失”的念头，对于学生的功课异常严格，所毅然保持的态度是：“你要我教，我就是这样；你不愿我这样教，尽管另请高明。”记得有一次在一个人家担任家庭教师，那家有一位“四太爷”，掌握着全家的威权，全家上下对他都怕得好像遇着了老虎，任何人看他来了都起立致敬。他有一天走到我们的“书房”门口，我正在考问我所教的那个学生的功课，那个学生见“老虎”来了，急欲起来立正致敬，我不许他中断，说我教课的时候是不许任何人来阻挠的。事后那全家上下都以为“老虎”必将大发雷霆，开除这个大胆的先生。但是我不管，结果他也不敢动我分毫。我所以敢于强硬的，是因为自信我在功课上对得住这个学生的家长。同时我深信不严格就教不好书，教不好书我就不愿干，此时的心里已把“穷”字抛到九霄云外了！

这种心理当然是很矛盾的。自己的求学费用明明要靠担任家庭教师来做主要来源，而同时又要这样做硬汉！为什么要这样呢？我自己也并没有什么理论上的根据，只是好像生成了一副这样的性格，遇着当前的实际环境，觉得就应该这样做，否则便感觉得痛苦不堪忍受。

出乎我意料的是：我这样的一个“硬汉教师”，不但未曾有一次被东家驱逐出来，而且凡是东家的亲友偶然知道的，反而表示热烈的欢迎，一家结束，很容易地另有一家接下去。我仔细分析我的“硬”的性质，觉得我并不是瞎“硬”，不是要争什么意气，只是要争我在职务上本分所应有的“主权”。我因为要忠于我的职务，要尽我的心力使我的职务没有缺憾，便不得不坚决地保持我在职务上的“主权”，不能容许任何方面对于我的职务做无理的干涉或破坏（在职务上如有错误，当然也应该虚心领教）。

我不但在做苦学生时代对于职务有着这样的性格，细想自从出了学校，正式加入职业界以来，也仍然处处保持着这样的性格。我自问在社会上服务了十几年，在经济上仅能这手拿来，那手用去，在英文俗语所谓“由手到嘴”的境况中过日子，失了业便没有后靠可言，也好像在苦学生时代要靠着工作来支持求学的费用，但是要使职务不亏，又往往不得不存着“合则留，不合则去”的态度。所以我在职业方面，也可说是一种矛盾的进展。

怀友

——老舍

虽然家在北平，可是已有十六七年没在北平住过一季以上了。因此，对于北平的文艺界朋友就多不相识。

不喜上海，当然不常去，去了也马上就走开，所以对上海的文艺工作者认识的也很少。

有三次聚会是终生忘不掉的：一次是在北平，杨今甫与沈从文两先生请吃饭，客有两桌，酒是满坛；多么快活的日子啊！今甫先生拳高量雅，喊起来大有威风。从文先生的拳也不弱，杀得我只有招架之功，并无还手之力。那快乐的日子，我被写家们困在酒阵里！最勇敢的是叶公超先生，声高手快，连连挑战。朱光潜先生拳如其文，结结实实，一字不苟。朱自清先生不慌不忙，和蔼可爱。林徽因女士不动酒，可是很会讲话。几位不吃酒的，谈古道今，亦不寂寞，有罗膺中先生，黎锦明先生，罗莘田先生，魏建功先生……其中，莘田是我自幼的同学，我俩曾对揪小辫打架，也一同逃学去听《施公案》。他的酒量不大，那天也陪了我几杯，多么快乐的日子！这次遇到的朋友，现在大多数是在昆明，每个人都跑了几千里路。他们都最爱北平，而含泪逃出北平；什么京派不京派，他们的气节不比别人低一点呀！那次还有周作人先生，头一回见面，他现在可是还在北平，多么伤心的事！

第二次是在上海，林语堂与邵洵美先生请客，我会到沈有乾、简又文诸先生。

第三次是郑振铎先生请吃饭，我遇到茅盾、巴金、黎烈文、徐调孚和叶圣陶诸位先生。这些写家们，在抗战中，我只会到了三位：简又文、圣陶与茅盾。在上海的，连信也不便多写，在别处的，又去来无定，无从通信。不过，可以放心的，他们都没有逃避，都没有偷闲，由友人们的报告，知道他们都勤苦操作，比战前更努力。那可纪念的酒宴，等咱们打退了敌人是要再来一次呀！今日，我们不教酒杯碰着手，胜利是须“争”取来的啊！我们须紧握着我们的武器！

在山东住了整七年。在济南，认识了马彦祥与顾绶昌先生。在青岛，与洪深、孟超、王余杞、臧克家、杜宇、刘西蒙和王统照诸先生常在一处，而且还合编过一个暑期的小刊物。洪深先生在春天就离开青岛，孟超与杜宇先生是和我前后脚在“七七”以后走开的。多么可爱的统照啊，每次他由上海回家——家就在青岛——必和我喝几杯苦露酒。苦露，难道这酒名的不祥遂使我们有这长别离么？不，不是！那每到夏天必来示威的日本舰队——七十几艘，黑乎乎的把前海完全遮住，看不见了那青青的星岛——才是不祥之物呀！日本军阀不被打倒，我们的命都难全，还说什么朋友与苦露酒呢？

朋友们，我常常想念你们！在想念你们的时候，我就也想告诉你们：我在武汉，在重庆，又认识了许多许多文艺界的朋友，都贫苦，可是都快活，因为他们都团结起来，组织了文艺协会，携着手在一处工作。我也得说，他们都时时关切着你们，不但不因为山水相隔而彼此冷淡，反倒是因为隔离而更亲密。到胜利那一天啊，我们必会开一次庆祝大会，山南海北的都来赴会，用酒洗一洗我们的笔，把泪都滴在手背上，当我们握手的时候。那才是我们最快乐的日子啊！胜利不是梦想，快乐来自艰苦，让我们今日受尽了苦处，卖尽了力气，去取得胜利与快乐吧！

人生的三种态度

——梁漱溟

“人生态度”是指人日常生活的倾向而言，向深里讲，即入了哲学范围；向粗浅里说，也不难明白。

依中国分法，将人生态度分为“出世”与“入世”两种，但我嫌其笼统，不如三分法较为详尽适中。我们仔细分析：人生态度之深浅、曲折、偏正……各式各种都有，而各时代、各民族、各社会，亦皆有其各种不同之精神，故欲求不笼统，而究难免于笼统。我们现在所用之三分法，亦不过是比较适中的办法而已。

按三分法，第一种人生态度，可用“逐求”二字以表示之。此意即谓人于现实生活中逐求不已，如：饮食、宴安、名誉、声、色、货、利等，一面受趣味引诱，一面受问题刺激，颠倒迷离于苦乐中，与其他生物亦无所异；此第一种人生态度（逐求），能够彻底做到家，发挥至最高点者，即为近代之西洋人。他们纯为向外用力，两眼直向前看，逐求于物质享受，其征服自然之威力实甚伟大，最值得令人拍掌称赞。他们并且能将此第一种人生态度理智化，使之成为一套理论——哲学。其可为代表者，是美国杜威之实验主义，他很能细密地寻求出学理的基础来。

第二种人生态度为“厌离”的人生态度。第一种人生态度为人对于物的问题，第三种人生态度为人对于人的问题，此则为人对于自己本身的问题。人与其他动物不同，其他动物全走本能道路，而人则走理智道路，其理智作用特别发达。其最特殊之点，即在回转头来反看自己，此为一切生物之所不及于人者。当人转回头来冷静地观察其生活时，即感觉得人生太苦，一方面自己为饮食男女及一切欲望所纠缠，不能不有许多痛苦；而在另一方面，社会上又充满了无限的偏私、嫉妒、仇怨、计较，以及生离死别种种现象，更足使人感觉得人生太无意思。

如是，乃产生一种厌离人世的人生态度，此态度为人人所同有。世俗之愚夫愚妇皆有此想，因愚夫愚妇亦能回头想，回头想时，便欲厌离。但此种人生态度虽为人人所同具，而所分别者即在程度上深浅之差，只看彻底不彻底，到家不到家而已。

此种厌离的人生态度，为许多宗教之所由生。最能发挥到家者，却为印度人。印度人最奇怪，其整个生活，完全为宗教生活。他们最彻底，最完全；其中最通透者为佛家。

第三种人生态度，可以用“郑重”二字以表示之。郑重态度，又可分为两层来说：其一，为不反观自己时——向外用力；其二，为回头看自家时——向内用力。在未曾回头看而自然有的郑重态度，即儿童之天真烂漫的生活。

儿童对其生活，有天然之郑重，与天然之不忽略，故谓之天真。真者真切，天者天然，即顺从其生命之自然流行也。于此处我特别提出儿童来说者，因我在此所用之“郑重”一词似太严重。

其实并不严重。我之所谓“郑重”，实即自觉地听其生命之自然流行，求其自然合理耳。“郑重”即是将全副精神照顾当下，如儿童之能将其生活放在当下，无前无后，一心一意，绝不知道回头反看，一味听从于生命之自然的发挥，几与向前逐求差不多少，但确有分别。此系言浅一层。

更深而言之，从反过头来看生活而郑重生活，这才是真正的发挥郑重。这条路发挥得最到家的，即为中国之儒家。此种人生态度亦甚简单，主要意义即是教人“自觉地尽力量去生活”。

此话虽平常，但一切儒家之道理尽包含在内，如后来儒家之“寡欲”“节欲”“窒欲”等说，都是要人清楚地自觉地尽力于当下的生活。儒家最反对仰赖于外力之催逼与外边趣味之引诱往前“度”生活。引诱向前生活，为被动的、逐求的，而非为自觉自主的。

儒家之所以排斥欲望，即以欲望为逐求的、非自觉的，不是尽力量去生活。此话可以包含一切道理，如“正心诚意”“慎独”“仁义”“忠恕”等，都是以自己自觉的力量去生活。再如普通所谓“仁至义尽”“心情俱到”等，亦皆此意。

此三种人生态度，每种态度皆有浅深。浅的厌离不能与深的逐求相比。逐求是世俗的路，郑重是道德的路，而厌离则为宗教的路。将此三者排列而为比较，当以逐求态度为较浅，以郑重与厌离两种态度相较，则郑重较难，从逐求态度进步转变到郑重态度自然也可能，但我觉得很不容易。普通都是由逐求态度折到厌离态度，从厌离态度再转入郑重态度，宋明之理学家大多如此，所谓出入儒释，都是经过厌离生活，然后重又归来尽力于当下之生活。即以我言，亦恰如此。

在我十几岁时，极接近于实利主义，后转入于佛家，最后方归于儒家。厌离之情殊为深刻，由是转过来才能尽力于生活；否则便会落于逐求，落于假的尽力。故非心里极干净，无纤毫贪求之念，不能尽力生活。而真的尽力生活，又每在经过厌离之后。

4

没有人比我更懂你

杨柳的深处，
映濡了半天的红霞，
流水汩汩地穿过眼前的花畦，
我和芗蘅坐在竹篱边。
那时心情很恍惚，
是和春光一样明媚，
是如春花一样灿烂？

泰戈尔在我家

—— 陆小曼

谁都想不到今年泰戈尔先生的八十大庆倒由我来提笔庆祝。人事的变迁太幻妙得怕人了。

若是今天有了志摩，一定是他第一个高兴。只要看十年前老头儿七十岁的那一年，他在几个月前就坐立不安思念着怎样去庆祝，怎样才能使老头满意，所以他一定要亲自到印度去，而同时环境又使他不能离开上海，直急得搔头抓耳连笔都懒得动；一直到去的问题解决了，才慢慢安静下来，后来费了几个月的工夫，才从欧洲一直转到印度，见到老头本人，才算了足心愿。归后他还说，这次总算称了他的心；等他八十岁的时候，请老人家到上海来才好玩呢！谁知一个青年人倒先走在老人的前头去了。

本来我同泰戈尔是很生疏的，他第一次来中国的时候，我还未曾遇见志摩；虽然后来志摩同我认识之后，第一次出国的时候，就同我说此去见着泰戈尔一定要介绍给你，还叫我送一张照片给他；可是我脑子里一点感想也没有。

一直到去了见着老人之后，寄来一张字条，是老人的亲笔；当然除了夸赞几句别无他话，而在志摩信里所说的话，却使我对这位老人发生了奇怪的感想。他说老人家见了我们的相片之后，就将我的为人、脾气、性情都说了一个清清楚楚，好像已见着我的人一样；志摩对于这一点尤其钦佩得五体投地；恨不能立刻叫我去见他老人家。

同时他还叫志摩告诉我，一二年后，他一定要亲自来我家，希望能够看见我，叫我早一点预备。自从那时起，我心里才觉得老人家真是一个奇人，文学家而同时又会看相！也许印度人都会一点幻术的吧。

我同志摩结婚后不久，他老人家忽然来了一个电报，说一个月后就要来上海，并且预备在我家下榻。好！这一下可忙坏了我们了；两个人不知道怎么办才对。房子又小，穷书生的家里当然没有富丽堂皇的家具，东看看也不合意，西看看也不称心，简单的楼上楼下也寻不出一间可以给他住的屋子。回绝他，又怕伤了他的美意；接受他，又没有地方安排。

一个礼拜过去还是一样都没有预备，只是两个人相对发愁。正在这个时候，电报又来了，第二天的下午船就到上海。这一下可真抓了瞎了，一共三间半屋子，又怕他带的人多，不够住，一时搬家也来不及，结果只好硬着头皮去接了再说。

一到码头，船已经到了。我们只见码头上站满了人，五颜六色的人头，在阳光下耀得我眼睛都觉得发花！我奇怪得直叫起来：怎么今天这儿尽是“印度阿三”呀！他们来开会么？志摩说：“你真糊涂，这不是来接老人家的么？”

我这才明白过来，心里不由得暗中发笑，志摩怎么喜欢同印度人交朋友。我心里一向钦佩之心，到这时候竟有一点儿不舒服起来，因为我平时最怕看见的是马路上的红头阿三，今天偏要叫我看见这许多的奇形怪状的人，绿沉沉的眼珠子，一个个对着我们两个人直看，看得我躲在志摩的身边连动也不敢动。

那时除了害怕，别的一切都忘怀了，连来做什么的都有点糊涂。一直到挤进了人丛，来到船板上，我才喘过一口气来，好像大梦初醒似的，经过船主的招呼，才知道老人家的房间。

志摩是高兴得连跑带跳的一直往前走，简直连身后的我都忘了似的，径直往一间小屋子里钻，我也只好悄悄地跟在后边；一直走进一间小房间，我才看见他正在同一个满头白发的老人握手亲近，我才知道那一定就是他一生最崇拜的老诗人。

留心上下细看，同时心里感觉一阵奇特的意味，第一感觉，就是怎么这个印度人生得一点也不可怕？满脸一点也不带有很多印度人所有的凶恶的目光，脸色也不觉得奇黑，说话的音调更带有一种不可言喻的美，低低的好似出谷的黄莺，在那儿婉转娇啼，笑眯眯地对着我直看。

我那时站在那儿好像失掉了知觉，连志摩在旁边给我介绍的话都不听见，也不上前，也不退后，只是直着眼对他看；连志摩在家中教好我的话都忘记说，还是老头儿看出我反常的情形，慢慢地握着我的手细声低气地向我说话。

在船里我们就谈了半天，老头儿对我格外亲近，他一点也没有骄人的气态，我告诉他我家里实在小得不能见人，他反说愈小他愈喜欢，不然他们同胞有的是高厅大厦请他去住，他反要到我家里去吗？

这一下倒使我不能再存丝毫客气的心，只能遵命陪他回到我们的破家。他一看很满意，我们特别为他预备的一间小印度房间他反不要，倒要我们让他睡我们两人睡的破床。他看上了我们那顶有红帐子的床，他说他爱它的异乡风味。他们的起居也同我们一样，并没欧美人特别好洁的样子，什么都很随便。只是早晨起得特别早，五时（即寅时，凌晨3~5点）一定起身了，害得我也不得安睡。

他一住一个星期，倒叫我见识不少，每次印度同胞请吃饭，他一定要带我们同去，从未吃过的印度饭，也算吃过几次了，印度的阔人家里也去过了，真有许多不同的地方。同时还要在老头儿休息的时候，陪他带来的书记玩；那时情况真是说不出的愉快，志摩是更乐得忘乎所以，一天到夜跟着老头子转。虽然住的时间不长，可是我们三人的感情因此而更加亲热了。

这个时候志摩才答应他，到八十岁的那年一定亲去祝寿。谁知道志摩就在他离开的第二年遭难。老头子这时候听到这种霹雳似的噩信，一定不知怎样痛惜的吧。本来也难怪志摩对他老人家特别的敬爱，他对志摩的亲挚也是异乎平常，不用说别的，一年到头的信是不断的。只可惜那许多难以得着的信，都叫我在摩故后遗失了，现在想起来也还痛惜！

因为自得噩耗后，我是一直在迷雾中过日子，一切身外之物连问都不问，不然今天我倒可以拿出不少的纪念品来，现在所存的，就是附印在这里泰戈尔为我们两人所作的一首小诗和那幅名贵的自画像而已。

赵树理同志二三事

——汪曾祺

赵树理同志身高而瘦。面长鼻直，额头很高。眉细而微弯，眼狭长，与人相对，特别是倾听别人说话时，眼角常若含笑。听到什么有趣的事，也会咕咕地笑出声来。有时他自己想到什么有趣的事，也会咕咕地笑起来。赵树理是个非常富于幽默感的人。他的幽默是农民式的幽默，聪明，精细而含蓄，不是存心逗乐，也不带尖刻伤人的芒刺，温和而有善意。他只是随时觉得生活很好玩，某人某事很有意思，可发一笑，不禁莞尔。他的幽默感在他的作品里和他的脸上随时可见（我很希望有人写一篇文章，专谈赵树理小说中的幽默感，我以为这是他的小说的一个很大的特点）。赵树理走路比较快（他的腿长，他的身体各部分都偏长，手指也长），总好像在侧着身子往前走，像是穿行在热闹的集市的人丛中，怕碰着别人，给别人让路。赵树理同志是我见到过的最没有架子的作家，一个让人感到亲切的、妩媚的作家。

树理同志衣着朴素，一年四季，总是一身蓝卡其布的制服。但是他有一件很豪华的“行头”，一件水獭皮领子、礼服呢面的狐皮大衣。他身体不好，怕冷，冬天出门就穿起这件大衣来。那是刚“进城”的时候买的。那时这样的大衣很便宜，拍卖行里总挂着几件。奇怪的是他下乡体验生活，回到上党农村，也是穿了这件大衣去。那时作家下乡，总得穿得像个农民，至少像个村干部，哪有穿了水獭领子狐皮大衣下去的？可是家乡的农民并不因为这件大衣就和他疏远隔阂起来，赵树理还是他们的“老赵”，老老少少，还是跟他无话不谈。看来，能否接近农民，不在衣裳。但是敢于穿了狐皮大衣而不怕农民见外的，恐怕也只有赵树理同志一人而已——他根本就没有考虑穿什么衣服“下去”的问题。

他吃得很随便。家眷未到之前，他每天出去“打游击”。他总是吃最小的饭馆。霞公府（他在霞公府市文联宿舍住了几年）附近有几家小饭馆，树理同志是常客。这种小饭馆只有几个菜。最贵的菜是小碗坛子肉，最便宜的菜是“炒和菜盖被窝”——菠菜炒粉条，上面盖一层薄薄的摊鸡蛋。树理同志常吃的菜便是炒和菜盖被窝。他工作得很晚，每天十点多钟要出去吃夜宵。和霞公府相平行的一个胡同里有一溜卖夜宵的摊子。树理同志往长板凳上一坐，要一碗馄饨，两个烧饼夹猪头肉，喝二两酒，自得其乐。

喝了酒，不即回宿舍，坐在传达室，用两个指头当鼓箭，在一张三屉桌子上打鼓。他打的是上党梆子的鼓。上党梆子的锣经和京剧不一样，很特别。如果有外人来，看到一个长长脸的中年人，在那里如醉如痴地打鼓，绝不会想到这就是作家赵树理。

赵树理是一个多才多艺的农村才子。王春同志在一篇文章中提到过树理同志曾在一个集上一个人唱了一台戏：口念锣经过门，手脚并用作身段，还误不了唱。这是可信的。我就亲眼见过树理同志在市文联内部晚会上表演过起霸。见过高盛麟、孙毓塑起霸的同志，对他的上党起霸不是那么欣赏，他还是口念锣经，一丝不苟地起了一趟“全霸”，并不是比画两下就算完事。虽是逢场作戏，但是也像他写小说、编刊物一样地认真。

赵树理同志很能喝酒，而且善于划拳。他的划拳是一绝：两只手同时用，一会儿出右手，一会儿出左手。老舍先生那几年每年要请两次客，把市文联的同志约去喝酒。一次是秋天，菊花盛开的时候，赏菊（老舍先生家的菊花养得很好，他有个哥哥，精于艺菊，称得起是个“花把式”）；一次是腊月二十三，那天是老舍先生的生日。酒、菜，都很丰盛而有北京特点。老舍先生豪饮（后来因血压高戒了酒），而且划拳极精。老舍先生划拳打通关，很少有输的时候。划拳是个斗心眼的事，要捉摸对方的拳路，判定他会出什么拳。年轻人斗不过他，常常是第一个“俩好”就把小伙子“一板打死”。对赵树理，他可没有办法，树理同志这种左右开弓的拳法，他大概还没有见过，很不适应，结果往往败北。

赵树理同志讲话很“随便”。那一阵很多人把中国农村说得过于美好，文艺作品尤多粉饰，他很有意见。他经常回家乡，回来总要做一次报告，说说农村见闻。他认为农村还是很穷，日子过得很艰难。他戏称他戴的一块表为“五驴表”，说这块表的钱在农村可以买五头毛驴——那时候谁家能买五头毛驴，算是了不起的富户了。他的这些话是不合时宜的，后来挨了批评，以后说话就谨慎一点了。

（节选）

三幅画

——宗璞

戊辰龙年前夕，往荣宝斋去取裱的字画。在手提包里翻了一遍，不见取物字据。其实原字据已莫名其妙地不知去向，代替的是张挂失条，而现在连这挂失条也不见了。

业务员见我懊恼的样子，说，拿走罢，找着以后寄回来就行了。

我们高兴地捧了字画回家。一共五幅，两幅字、三幅画，一幅幅打开看时，甚生感慨。现只说这三幅画。

三幅画均出自汪曾祺的手笔。

老实说，在一九八六年以前，我从不知汪曾祺擅长丹青，可见是何等的孤陋寡闻。原只知他不只写戏还能演戏，不只写小说散文还善旧诗，是个多面手。四十年代初，西南联大同学排演《家》。因为兄长钟辽扮演觉新，我去看过戏。有两个场面印象最深，一是高老太爷过世后，高家长辈要瑞珏出城生产，觉新在站了一排的长辈面前的惶恐样儿。哥哥穿一件烟色长衫，据说很潇洒。我只为觉新伤心，以后常常想起那伤心。一是鸣凤鬼魂下场后，老更夫在昏暗的舞台中间，敲响了锣，锣声和报着更次的喑哑声音回荡在剧场里。现在眼前还有老更夫的模样，耳边还有那声音，涩涩的，很苦。

老更夫是汪曾祺扮演的。

时光一晃过了四十年。八十年代初，《钟山》编辑部举办太湖笔会，从苏州乘船到无锡去。万顷碧波，洗去了尘俗烦恼，大家都有些忘乎所以。我坐在船头，乘风破浪，十分得意，不断为眼前景色欢呼。汪兄忽然递过半张撕破的香烟纸，上写着一首诗："壮游谁似冯宗璞，打伞遮阳过太湖。却看碧波千万顷，北归流入枕边书。"我曾要回赠一首，且有在船诸文友相助，乱了一番，终未得出究竟。而汪兄这首游戏之作，隔了五年，仍清晰地留在我记忆中。

一九八六年春，偶往杨周翰先生家，见壁悬画图，上栖一只松鼠，灵动不俗。得知乃汪兄大作时，不胜惊异。又有一幅极清秀的字，署名上官碧，又不知这是沈从文先生笔名。杨先生则为我的无知而惊异，笑说，你怎么什么都不知道。

实在是的，我常处于懵懂状态，这似乎是一种习惯。不过一经明白，便有行动，虽然还是拖了许久。初夏时，我修书往蒲黄榆索画，以为一年半载后可得一张。

不想一周内便来了一幅斗方。两只小鸡，毛茸茸的，歪着头看一串紫红色的果子，很可爱。果子似乎很酸，所以小鸡在琢磨罢。

这画我喜欢，但不满意，怀疑汪兄存有哄小孩心理，立即表态：不行不行，还要还要！

第二幅画也很快来了。这是一幅真正的赠给同行的画，红花怒放，下衬墨叶，紧靠叶下有字云："人间存一角，聊放侧枝花。临风亦自得，不共赤城霞。"画中花叶与诗都在一侧，留有大片空白，空白上有烟灰留下的一个小洞。曾嘱裱工保留此洞，答称没有这样的技术。整个画面在临风自得的恬淡中，却有一种活泼的热烈气氛。父亲看不见画，听我念诗后，大为赞赏，说用王国维标准来说，这诗便是不隔。何谓不隔？物与我浑然一体也。

我这时已满意，天下太平，不再生事。不料秋末冬初时，汪兄忽又寄来第三幅画。这是一幅水仙花，长长的挺秀的叶子，顶上几瓣素白的花，叶用蓝而不用绿，花就纸色不另涂白。只觉一股清灵之气，自纸上透出。一行小字：为纪念陈澄莱而作，寄予宗璞。

把玩之际，不觉欷歔。谢谢你，汪曾祺！

澄莱乃我挚友，和汪兄也相识。五十年代最后一年，澄莱与我一同下放在涿鹿县。当时汪兄在张家口一带，境况比我们苦得多了。一次开什么会，大家穿着臃肿的大棉袄在塞上相见。我仍是懵懵懂懂，见了不认识的人当认识，见了认识的人当不认识。澄莱常纠正我，指点我这人那人都是谁；看我见了汪兄发愣，苦笑道，汪曾祺你也不认识！

澄莱于一九七一年元月在寒冷的井中直落九泉之下，迄今不明缘由。我曾为她写了一篇《水仙辞》的小文。现在谁也不记得她了，连我都记不准那恐怖的日子。汪兄却记得水仙花的譬喻，为她画一幅画，而且说来年水仙花发，还要写一幅。

从前常有性情中人的说法，现在久不见这词了。我常说的“没有真性情，写不出好文章”的大白话，也久不说了。性情中人不一定写文章，而写出好文章的，必有真性情。

汪曾祺的戏与诗，文与画，都隐着一段真性情。

三幅画放到一九八七年才送去裱，到一九八八年春节才取回。

在家里再翻手提包，那挂失条竟赫然在焉。我只能笑自己的糊涂。

友情

——沈从文

一九八〇年十一月，我初次在美国哥伦比亚大学一个小型的演讲会讲话后，就向一位教授打听在哥大教中文多年的老友王际真先生的情况，很想去看看他。际真曾主持哥大中文系达二十年，那个系的基础，原是由他奠定的。即以《红楼梦》一书研究而言，他就是把这部十八世纪中国著名小说节译本介绍给美国读者的第一人。人家告诉我，他已退休二十年了，独自一人住在大学附近一个退休教授公寓三楼中。后来又听另外的人说，他的妻不幸早逝，因此人很孤僻，长年把自己关在寓所楼上，既极少出门见人，也从不接受任何人的拜访，是个古怪老人。

我和际真认识，是在一九二八年。那年他由美返国，将回山东探亲，路过上海，由徐志摩先生介绍我们认识的。此后曾继续通信。我每次出了新书，就给他寄一本去。我不识英语，当时寄信用的信封，全部是他写好由美国寄我的。一九二九年到一九三一年间，我和一个朋友生活上遭到意外困难时，还前后得到他不少帮助。际真长我六七岁，我们一别五十余年，真想看看这位老大哥，同他叙叙半世纪隔离彼此不同的情况。

因此回到新港我姨妹家不久，就给他写了个信，说我这次到美国，很希望见到几个多年不见的旧友，如邓嗣禹、房兆楹和他本人。准备去纽约专诚拜访。

回信说，在报上已见到我来美消息。目前彼此都老了，丑了，为保有过去年青时节印象，不见面还好些。果然有些古怪。但我想，际真长期过着极端孤寂的生活，是不是有一般人难于理解的隐衷？且一般人所谓“怪”，或许倒正是目下认为活得“健康正常人”中业已消失无余的稀有难得的品质。

虽然回信像并不乐意和我们见面，我们——兆和、充和、傅汉思和我，曾两次电话相约两度按时到他家拜访。

第一次一到他家，兆和、充和即刻就在厨房忙起来了。尽管他连连声称厨房不许外人插手，还是为他把一切洗得干干净净。到把我们带来的午饭安排上桌时，他却承认做得很好。

他已经八十五六岁了，身体精神看来还不错。我们随便谈下去，谈得很愉快。他仍然保有山东人那种爽直淳厚气质。使我惊讶的是，他竟忽然从抽屉里取出我的两本旧作，《鸭子》和《神巫之爱》！那是我二十年代中早期习作，《鸭子》还是我出的第一个综合性集子。这两本早年旧作，不仅北京上海旧书店已多年绝迹，连香港翻印本也不曾见到。书已经破旧不堪，封面脱落了，由于年代过久，书页变黄了，脆了，翻动时，碎片碎屑直往下掉。可是，能在万里之外的美国，见到自己早年不成熟不像样子的作品，还被一个古怪老人保存到现在，这是难以理解的，这感情是深刻动人的！

谈了一会儿，他忽然又从什么地方取出一束信来，那是我在一九二八到一九三一年写给他的。翻阅这些五十年前的旧信，它们把我带回到二十年代末期那段岁月里，令人十分怅惘。其中一页最最简短的，便是这封我向他报告志摩遇难的信——

际真：

志摩十一月十九日十一点三十五分乘飞机撞死于济南附近“开山”。飞机随即焚烧，故二司机成焦炭。

志摩衣已尽焚去，全身颜色尚如生人，头部一大洞，左臂折断，左腿折碎，照情形看来，当系飞机坠地前人即已毙命。二十一此间接到电后，二十二我赶到济南，见其破碎遗骸，停于一小庙中。时尚有梁思成等从北平赶来，张嘉铸从上海赶来，郭有守从南京赶来。二十二晚棺木运南京转上海，或者尚葬他家乡。我现在刚从济南回来，时（一九三一年十一月）二十三早晨。

那是我从济南刚刚回青岛，即刻给他写的。志摩先生是我们友谊的桥梁，纵然是痛剜人心的噩耗，我不能不及时告诉他。

如今这个才气横溢、光芒四射的诗人辞世整整有了五十年。当时一切情形，保留在我印象中还极其清楚。

那时我正在青岛大学中文系教点书。十一月二十一日下午，文学院几个比较相熟的朋友，正在校长杨振声先生家吃茶谈天，忽然接到北平一个急电。电中只说志摩在济南不幸遇难，北平、南京、上海亲友某某将于二十二日在济南齐鲁大学朱经农校长处会齐。电报来得过于突兀，人人无不感到惊愕。我当时表示，想搭夜车去济南看看，大家认为很好。第二天一早车抵济南，我赶到齐鲁大学，由北平赶来的张奚若、金岳霖、梁思成诸先生也刚好到达。过不多久又见到上海来的张嘉铸先生和穿了一身孝服的志摩先生的长子，以及从南京来的张慰慈、郭有守两先生。

随即听到受上海方面嘱托为志摩先生料理丧事的陈先生谈遇难经

过，才明白出事地点叫“开山”，本地人叫“白马山”。山高不会过一百米。京浦车从山下经过，有个小站可不停车。飞机是每天飞行的邮航班机，平时不售客票，但后舱邮包间空处，有特别票仍可带一人。那日由南京起飞时气候正常，因济南附近大雾迷途，无从下降，在市空盘旋时，最后撞在白马山半斜坡上起火焚烧。消息到达南京邮航总局，才知道志摩先生正在机上。灵柩暂停城里一个小庙中。

早饭后，大家就去城里偏街瞻看志摩先生遗容。那天正值落雨，雨渐落渐大，到达小庙时，附近地面已全是泥浆。原来这停灵小庙，已成为个出售日用陶器的堆店。院坪中分门别类搁满了大大小小的缸、罐、砂锅和土碗，堆叠得高可齐人。庙里面也满是较小的坛坛罐罐。棺木停放在入门左侧贴墙处，像是临时腾出来的一点空间，只容三五人在棺边周旋。

志摩先生已换上济南市面所能得到的一套上等寿衣：戴了顶瓜皮小帽，穿了件浅蓝色绸袍，外加个黑纱马褂，脚下是一双粉底黑色云头如意寿字鞋。遗容见不出痛苦痕迹，如平常熟睡时情形，十分安详。致命伤显然是飞机触山那一刹那间促成的。从北京来的朋友，带来个用铁树叶编成径尺大小花圈，如古希腊雕刻中常见的式样，一望而知必出于志摩先生生前好友思成夫妇之手。把花圈安置在棺盖上，朋友们不禁想到，平时生龙活虎般、天真纯厚、才华惊世的一代诗人，竟真如“为天所忌”，和拜伦、雪莱命运相似，仅在人世间活了三十多个年头，就突然在一次偶然事故中与世长辞！

志摩穿了这么一身与平时性情爱好全然不相称的衣服，独自静悄悄躺在小庙一角，让檐前点点滴滴愁人的雨声相伴，看到这种凄清寂寞景象，在场亲友忍不住人人热泪盈眶。

四位先生

—— 老舍

吴组缃先生的猪

从青木关到歌乐山一带，在我所认识的文友中要算吴组缃先生最为阔绰。他养着一口小花猪。据说，这小动物的身价，值六百元。

每次我去访组缃先生，必附带向小花猪致敬，因为我与组缃先生核计过了：假若他与我共同登广告卖身，大概也不会有人，出六百元来买！有一天，我又到吴宅去。给小江——组缃先生的少爷——买了几个比醋还酸的桃子。拿着点东西，好搭讪着骗顿饭吃，否则就太不好意思了。一进门，我看见吴太太的脸比晚日还红。我心里一想，便想到了小花猪。假若小花猪丢了，或是出了别的毛病，组缃先生的阔绰便马上不存在了！一打听，果然是为了小花猪：它已绝食一天了。我很着急，急中生智，主张给它点奎宁吃，恐怕是打摆子。大家都不赞同我的主张。我又建议把它抱到床上盖上被子睡一觉，出点汗也许就好了；焉知不是感冒呢？这年月的猪比人还娇贵呀！大家还是不赞成。后来，把猪医生请来了。我颇兴奋，要看看猪怎么吃药。猪医生把一些草药包在竹筒的大厚皮儿里，使小花猪横衔着，两头向后束在脖子上：这样，药味与药汁便慢慢走入里边去。把药包儿束好，小花猪的口中好像生了两个翅膀，倒并不难看。

虽然吴宅有此骚动，我还是在那里吃了午饭——自然稍微有点不得劲儿！过了两天，我又去看小花猪——这回是专程探病，绝不为看别人；我知道现在猪的价值有多大——小花猪口中已无那个药包，而且也吃点东西了。大家都很高兴，我就又就棍打腿的骗了顿饭吃，并且提出声明：到冬天，得分给我几斤腊肉；组缃先生与太太没加任何考虑便答应了。吴太太说："几斤？十斤也行！想想看，哪天它要是一病不起……"大家听罢，都出了冷汗！

马宗融先生的时间观念

马宗融先生的表大概是（我想是）一个装饰品。无论约他开会，还是吃饭，他总迟到一个多钟头，他的表并不慢。

来重庆，他多半是住在白象街的作家书屋。有的说也罢，没的说也罢，他总要谈到夜里两三点钟。假若不是别人都困得不出一声了，他还想不起上床去。有人陪着他谈，他能一直坐到第二天夜里两点钟。表、月亮、太阳，都不能引起他注意到时间。

比如说吧，下午三点他须到观音岩去开会，到两点半他还毫无动静。"宗融兄，不是三点有会吗？该走了吧？"有人这样提醒他。他马上去戴上帽子，提起那有茶碗口粗的木棒，向外走。"七点吃饭。早回来呀！"大家告诉他。他回答声"一定回来"，便匆匆地走出去。

到三点的时候，你若出去，你会看见马宗融先生在门口与一位老太婆，或是两个小学生，谈话儿呢！即使不是这样，他在五点以前也不会走到观音岩。路上每遇到一位熟人，便要谈，至少有十分钟的话。若遇上打架吵嘴的，他得过去解劝，或许把别人劝开，而他与另一位劝架的打起来！遇上某处起火，他得帮着去救。有人追赶扒手，他必然得加入，非捉到不可。看见某种新东西，他得过去问问价钱，不管买与不买。看到戏报子，他马上去借电话，问还有票没有……这样，他从白象街到观音岩，可以走一天，幸而他记得开会那件事，所以只走两三个钟头，到了开会的地方，即使大家已经散了会，他也得坐两点钟，他跟谁都谈得来，都谈得有趣，很亲切，很细腻。有人刚买一条绳子，他马上拿过来练习跳绳——五十岁了啊！七点，他想起来回白象街吃饭，归路上，又照样劝架、救人、追贼、问物价、打电话……至早，他在八点半左右走到目的地。满头大汗，三步当作两步走的。他走了进来，饭早已开过了。

所以，我们与友人定约会的时候，若说随便什么时间，早晨也好，晚上也好，反正我一天不出门，你哪时来也可以，我们便说："马宗融的时间吧？"

姚蓬子先生的砚台

作家书屋是个神秘的地方，不信你交到那里一份文稿，而三五日后再亲自去索回，你就必定不说我扯谎了。

进到书屋，十之八九你找不到书屋的主人——姚蓬子先生。他不定在哪里藏着呢。他的被褥是稿子，他的枕头是稿子，他的桌上、椅上、窗台上……全是稿子。简单说吧，他被稿子埋起来了，当你要稿子的时候，你可以看见一个奇迹。假如说尊稿是十张纸写的吧，书屋主人会由枕头底下翻出两张，由裤带里掏出三张，书架里找出两张，窗子上揭下一张，还欠两张。你别忙。他会由老鼠洞里拉出那两张，一点儿也不少。

单说姚蓬子先生的那块砚台，也足够惊人了！那是块无法形容的石砚。不圆不方，有许多角儿，有任何角度。有一点沿儿，豁口甚多，底子最奇，四围翘起，中间的一点凸出，如元宝之背，它会像陀螺似的在桌子乱转，还会一头高一头低地倾斜，如浪中的船。我老以为孙悟空就是由这块石头跳出去的！

到磨墨的时候，它会由桌子这一端滚到那一端，而且响如快跑的马车。我每晚十时必就寝，而对门书屋的主人要办事办到天亮。从十时到天亮，他至少有十次，一次比一次响——到夜最静的时候，大概连南岸都感到一点震动。从我到白象街起，我没做过一个好梦，刚一入梦，砚台来了一阵雷雨，梦为之断。在夏天，砚一响，我就起来拿臭虫。冬天可就不好办，只好咳嗽几声，使之闻之。

现在，我已交作家书屋一本书，等到出版，我必定破费几十元。送给书屋主人一块平底的，不出声的砚台！

何容先生的戒烟

首先要声明：这里所说的是香烟，不是鸦片。

从武汉到重庆，我老同何容先生在一间屋子里，一直到前年八月间。在武汉的时候，我们都吸“大前门”或“使馆牌”；小大“英”似乎都不够味儿。到了重庆，小大“英”似乎变了质，越来越“够味了”，“前门”与“使馆”倒仿佛没了什么意思。慢慢地，“刀”牌与“哈德门”又变成我们的朋友，而与小大“英”，不管谁的主动吧，冷淡得日悬一日，不久，“刀”牌与“哈德门”又与我们发生了意见，差不多要绝交的样子。何容先生就决心戒烟！

在他戒烟之前，我已声明过：“先上吊，后戒烟！”本来嘛，“弃妇抛雏”的流亡在外，吃不敢进大三元，喝么也不过是清一色（黄酒贵，只好喝点白干），女友不敢去交，男友一律是穷光蛋，住是二人一室，睡是臭虫满床，再不吸两支香烟，还活着干吗？看何容先生戒烟，我到底受了感动，既觉得自己无勇，又钦佩他的伟大；所以，他在屋里，我几乎不敢动手取烟，以免动摇他的坚决！

何容先生那天睡了十六个钟头，一支烟没吸！醒来，已是黄昏，他便独自出去。我没敢陪他出去，怕不留神递给他一支烟，破了戒！掌灯之后，他回来了，满面红光，含笑从口袋中掏出一包土产卷烟来。“你尝尝这个。”他客气地让我，“才一个铜板一支！有这个，似乎就不必戒烟了！没有必要！”把烟接过来，我没敢说什么，怕伤了他的尊严。面对面地，把烟燃上，我俩细细地欣赏。头一口就惊人，冒的是黄烟，我以为他误把爆竹买来了！听了一会儿，还好，并没有爆炸，就继续放胆吸。吸了不到四五口，我看见蚊子都争着向外边飞，我很高兴。既吸烟，又驱蚊，太可贵了！再吸几口之后，墙上又发现了臭虫，大概也要搬家，我更高兴了！吸到半支，何容先生与我也都跑出去了，他低声地说：“看样子，还得戒烟！”

何容先生二次戒烟，有半天之久。当天下午，他买来了烟斗与烟叶。“几毛钱的烟叶，够吃三四天的，何必一定戒烟呢！”他说。吸了几天的烟斗，他发现了：（一）不便携带；（二）不用力，抽不到；用力，烟油射到舌头上；（三）费洋火；（四）须天天收拾，麻烦！有此四弊，他就戒烟斗，而又吸上香烟了。“始作卷烟者。其无后呼！”他说。

最近二年，何容先生不知戒了多少次烟了，而指头上始终是黄的。

我所见的叶圣陶

——朱自清

我第一次与圣陶见面是在民国十年（一九二一）的秋天。那时刘延陵兄介绍我到吴淞炮台湾中国公学教书。到了那边，他就和我说："叶圣陶也在这儿。"我们都念过圣陶的小说，所以他这样告诉我。我好奇地问道："怎样一个人？"出乎意料，他回答："一位老先生哩。"但是延陵和我去访问圣陶的时候，我觉得他的年纪并不老，只那朴实的服色和沉默的风度与我们平日所想象的苏州少年文人叶圣陶不甚符合罢了。

记得见面的那一天是一个阴天。我见了生人照例说不出话；圣陶似乎也如此。我们只谈了几句关于作品的泛泛的意见，便告辞了。延陵告诉我每星期六圣陶总回角直去；他很爱他的家。他在校时常邀延陵出去散步；我因与他不熟，只独自坐在屋里。不久，中国公学忽然起了风潮。我向延陵说起一个强硬的办法；——实在是一个笨而无聊的办法！——我说只怕叶圣陶未必赞成。但是出乎我的意料，他居然赞成了！后来细想他许是有意优容我们吧；这真是老大哥的态度呢。我们的办法自然是失败了，风潮延宕下去；于是大家都住到上海来。我和圣陶差不多天天见面；同时又认识了西谛、予同诸兄。这样经过了一个月；这一个月实在是我的很好的日子。

我看出圣陶始终是个寡言的人。大家聚谈的时候，他总是坐在那里听着。他却并不是喜欢孤独，他似乎老是那么有味地听着。至于与人独对的时候，自然多少要说些话；但辩论是不来的。他觉得辩论要开始了，往往微笑着说："这个弄不大清楚了。"这样就过去了。他又是个极和易的人，轻易看不见他的怒色。他辛辛苦苦保存着的《晨报》副张，上面有他自己的文字的，特地从家里捎来给我看；让我随便放在一个书架上，给散失了。当他和我同时发见这件事时，他只略露惋惜的颜色，随即说："由他去末哉，由他去末哉！"我是至今惭愧着，因为我知道他作文是不留稿的。他的和易出于天性，并非阅历世故，矫揉造作而成。他对于世间妥协的精神是极厌恨的。在这一月中，我看见他发过一次怒——我始终只看见他发过这一次怒——那便是对于风潮的妥协论者的蔑视。

风潮结束了，我到杭州教书。那边学校当局要我约圣陶去。圣陶来信说："我们要痛痛快快游西湖，不管这是冬天。"他来了，教我上车站去接。我知道他到了车站这一类地方，是会觉得寂寞的。他的家实在太好了，他的衣着，一向都是家里管。我常想，他好像一个小孩子；像小孩子的天真，也像小孩子的离不开家里人。必须离开家里人时，他也得找些熟朋友伴着；孤独在他简直是有些可怕的。所以他到校时，本来是独住一屋的，却愿意将那间屋做我们两人的卧室，而将我那间做书室。这样可以常常相伴；我自然也乐意，我们不时到西湖边去；有时下湖，有时只喝喝酒。在校时各据一桌，我只预备功课，他却老是写小说和童话。初到时，学校当局来看过他。第二天，我问他："要不要去看看他们？"他皱眉道："一定要去么？等一天吧。"后来始终没有去。他是最反对形式主义的。

那时他小说的材料，是旧日的储积；童话的材料有时却是片刻的感兴。如《稻草人》中《大喉咙》一篇便是。那天早上，我们都醒在床上，听见工厂的汽笛，他便说：“今天又有一篇了，我已经想好了，来得真快呵。”那篇的艺术很巧，谁想他只是片刻的构思呢！他写文字时，往往拈笔伸纸，便手不停挥地写下去，开始及中间，停笔踌躇时绝少。他的稿子极清楚，每页至多只有三五个涂改的字。他说他从来是这样的。每篇写毕，我自然先睹为快；他往往称述结尾的适宜，他说对于结尾是有些把握的。看完，他立即封寄《小说月报》；照例用平信寄。我总劝他挂号，但他说：“我老是这样的。”他在杭州不过两个月，写的真不少，教人羡慕不已。《火灾》里从《饭》起到《风潮》这七篇，还有《稻草人》中的一部分，都是那时我亲眼看他写的。

（节选）

纪念志摩去世四周年

——林徽因

今天是你走脱这世界的四周年！朋友，我们这次拿什么来纪念你？前两次的用香花感伤的围上你的照片，抑住嗓子底下的叹息和悲哽，朋友和朋友无聊地对望着，完成一种纪念的形式，俨然，是愚蠢的失败。因为那时那种近于伤感，而又不够宗教庄严的举动，除却点明了你和我们中间的距离，生和死的间隔外，实在没有别的成效；几乎完全不能达到任何真实纪念的意义。

去年今日我意外的由浙南路过你的家乡，在昏沉的夜色里我独立火车门外，凝望着那幽暗的站台，默默回忆许多不相连续的过往残片，直到生和死间居然幻成一片模糊，人生和火车似的蜿蜒一串疑问在苍茫间奔驰，我想起你的：

火车擒住轨，在黑夜里奔

过山，过水，过……

如果那时候我的眼泪曾不自主的溢出睫外，我知道你定会原谅我的。你应当相信我不会向悲哀投降，什么时候我都相信倔强的忠于生的，即使人生如你底下所说：

就凭那精窄的两道，算是轨，

驮着这份重，梦一般的累赘！

就在那时候我记得火车慢慢地由站台拖出一程一程的前进，我也随着酸怆的诗意，那“车的呻吟”“过荒野，过池塘……过噤口的村庄”。到了第二站——我的一半家乡。

今年又轮到今天这一个日子！世界仍旧一团糟，多少地方是黑云布满粗着筋络，往理想的反面猛进，我并不在瞎说，当我写：

信仰只一细炷香，

那点子亮再经不起西风，

沙沙的隔着梧桐树吹。

朋友，你自己说，如果是你现在坐在我这位子上，迎着这一窗太阳：眼看着菊花影在墙上描画作态；手臂下倚着两叠今早的报纸；耳朵里不时隐隐地听着朝阳门外“打靶”的枪弹声；意识的，潜意识的，要明白这生和死的谜，你又该写成怎样一首诗来，纪念一个死别的朋友？

此时，我却是完全的一个糊涂！习惯上我说，每桩事都像是造物的意旨，归根都是运命，但我明知道每桩事都有我们自己的影子在里面烙印着！我也知道每一个日子是多少机缘巧合凑拢来拼成的图案，但我也疑问其间的排布谁是主宰。据我看来：死是悲剧的一章，生则更是一场悲剧的主干！我们这一群剧中的角色自身性格与性格矛盾；理智与情感两不相容；理想与现实当面冲突，侧面或反面激成悲哀。日子一天一天向前转，昨日和昨日堆垒起来混成一片不可避脱的背景，做成我们周遭的墙壁或气氲，那么结实又那么缥缈，使我们每一个人站在每一天的每一个时候里都是那么主要，又是那么渺小无能为力！

此刻我几乎找不出一句话来说，因为，真的，我只是个完全的糊涂；感到生和死一样的不可解，不可懂。

但是我却要告诉你，虽然四年了，你脱离我们这共同活动的世界，本身停掉参加牵引事体变迁的主力，可是谁也不能否认，你仍立在我们烟涛渺茫的背景里，间接的是一种力量，尤其是在文艺创造的努力和信仰方面。间接的你任凭自然的音韵，颜色，风轻月白，人的无定律的一切情感，悠断悠续的仍然在我们中间继续着生，仍然与我们共同交织着这生的纠纷，继续着生的理想。你并不离我们太远。你的身影永远挂在这里那里，同你生前一样的心旋转。

说到您的诗，朋友，我正要正经地同你再说一些话。你不要不耐烦，这话迟早我们总要说清的。人说盖棺定论，前者早已成了事实，这后者在这四年中，说来叫人难受，我还未曾读到一篇中肯或诚实的论评，虽然对你的赞美和攻讦由你去世后一两周间，就纷纷开始了，但是他们每人手里拿的都不像纯文艺的天秤；有的喜欢你的为人；有的疑问你私人的道德；有的单单尊崇你诗中所表现的思想哲学，有的仅喜爱那些软弱的细致的句子，有的每发议论必须牵涉到你的个人生活之合乎规矩方圆，或断言你是轻薄，或引证你是浮奢豪侈！朋友，我知道你从不介意过这些，许多人的浅陋老实或刻薄处你早就领略过一堆，你不止未曾生过气，并且常常表示怜悯同原谅；你的心情永远是那么洁净；头老抬得那么高；胸中老是那么完整的诚挚；臂上老有那么许多不折不挠的勇气。但是现在的情形与以前却稍稍不同，你自己既已不在这里，做你朋友的，眼看着你被误解、曲解，乃至于谩骂，有时真忍不住替你不平。

但你可别误会我心眼儿窄，把不相干的看成重要，我也知道误解、曲解、谩骂，都是不相干的，但是朋友，我们谁都需要有人了解我们的时候，真了解了我们，即使是痛下针砭，骂着了我们的弱处错处，那整个的我们却因而更增添了意义，一个作家文艺的总成绩更需要一种就文论文，就艺术论艺术的和平判断。

（节选）

致林徽因

——徐志摩

徽因：

我愁望着云泞的天和泥泞的地，直担心你们上山是否一路平安，到山上大家都安好否，我在纪念。

我回家累得直挺在床上，像死人——也不知哪来的累。适之在午饭时说笑话，我照例照规矩把笑放上嘴边，但那笑仿佛离嘴有半尺来远，脸上的皮肉像是经过风腊，再不能活动！

下午忽然诗兴发作，不断抽着烟，茶倒空了两壶，在两小时内，居然诌得了一首。哲学家上来看见，端详了十多分钟，然后正色说“It is one of you very best”。但哲学家关于美术作品只往往挑错的东西来夸，因而，我还不敢自信，现在抄了去请教女诗人，敬求指正！

雨下得凶，电话电灯会断。我讨得半根蜡，匍匐在桌上胡乱写。上次扭筋的脚有些生痛。一躺平眼睛发跳，全身的脉搏似乎能分明感觉到。再有两天如此，一定病倒——但希望天可以放晴。

成恐怕也有些着凉，我保荐喝一大碗姜糖汤，妙药也！

宝宝老太都还高兴否？我还牵记你家矮墙上的艳阳。此去归来时难说完，敬祝山中人“神仙生活”，快乐康强！

一九三一年七月七日

哭佩弦

——郑振铎

从抗战以来，接连的有好几位少年时候的朋友去世了。哭地山，哭六逸，哭济之，想不到如今又哭佩弦了。在朋友们中，佩弦的身体算是很结实的。矮矮的个子，方而微圆的脸，不怎么肥胖，但也决不瘦。一眼望过去，便是结结实实的一位学者。说话的声音，徐缓而有力。不多说废话，从不开玩笑，纯然是忠厚而笃实的君子。写信也往往是寥寥的几句，意尽而止。但遇到讨论什么问题的时候，却滔滔不绝。他的文章，也是那么的不蔓不枝，恰到好处，增加不了一句，也删节不掉一句。

他做什么事都负责到底。他的《背影》，就可作为他自己的一个描写。他的家庭负担不轻，但他全力的负担着，不叹一句苦。他教了三十多年的书，在南方各地教，在北平教；在中学里教，在大学里教。他从来不肯马马虎虎地教过去。每上一堂课，在他是一件大事。尽管教得很熟的教材，但他在上课之前，还须仔细的预备着。一边走上课堂，一边还是十分的紧张。记得在清华大学的时候，有一次我在他办公室里坐着，见他紧张地翻书。我问道：

“下一点钟有课吗？”

“有的，”他说道，“总得要看看。”

像这样负责的教员，恐怕是不多见的。他写文章时，也是以这样的态度来写。写得很慢，改了又改，决不肯草率的拿出去发表。我上半年为《文艺复兴》的《中国文学研究》向他要稿子，他寄了一篇《好与巧》来，这是一篇结实而用力之作。但过了几天，他又来了一封快信，说，还要修改一下，要我把原稿寄回给他。我寄了回去。不久，修改的稿子来了，增加了不少有力的例证。他就是那么不肯马马虎虎地过下去的！

他的主张，向来是老成持重的。

将近二十年了，我们同在北平。有一天，在燕京大学南大地一位友人处晚餐。我们热烈地辩论着“中国字”是不是艺术的问题。向来总是“书画”同称。我却反对这个传统的观念。大家提出了许多意见。有的说，艺术是有个性的；中国字有个性，所以是艺术。又有的说，中国字有组织，有变化，极富于美术的标准。我却极力反对他们的主张。我说，中国字有个性，难道别国的字就表现不出个性了吗？要说写得美，那么，梵文和蒙古文写得也是十分匀美的。这样的辩论，当然是不会有结果的。

临走的时候，有一位朋友还说，他要编一部《中国艺术史》，一定要把中国书法的一部门放进去。我说，如果把“书”也和“画”同样的并列在艺术史里，那么，这部艺术史一定不称其为艺术史的。

当时，有十二个人在座。九个人都反对我的意见。只有冯芝生和我意见全同。佩弦一声也不言语。我问道：

“佩弦，你的主张怎么样呢？”

他郑重说道：“我算是半个赞成的吧。说起来，字的确是不应该成为美术。不过，中国的书法，也有他长久的传统的历史。所以，我只赞成一半。”

这场辩论，我至今还鲜明的在眼前。但老成持重，一半和我同调的佩弦却已不在人间，不能再参加那么热烈的争论了。

这样的一位结结实实的人，怎么会刚过五十便去世了呢？——我说“结结实实”，这是我十多年前的印象。在抗战中，我们便没有见过。在抗战中，他从北平随了学校撤退到后方。他跟着学生徒步跑，跑到长沙，又跑到昆明。还照料着学校图书馆里搬出来的几千箱的书籍。这一次的“长征”，也许使他结结实实的身体开始受了伤。

在昆明联大的时候，他的生活很苦。他的夫人和孩子们都不能在身边，为了经济的拮据，只能让他们住在成都。听说，食米的恶劣，使他开始有了胃病。他是一位有名的衣履不周的教授之一。冬天，没有大衣，把马夫用的毡子裹在身上，就作为大衣；而在夜里，这一条毡子便又作为棉被用。

有人来说，佩弦瘦了，头上也有了白发。我没有想象到佩弦瘦到什么样子，我的印象中，他始终是一位结结实实的矮个子。

胜利以后，大家都复员了，应该可以见到。但他为了经济的关系，径从内地到北平去，并没有经过南方。我始终没有见到瘦了后的佩弦。

在北平，他还是过得很苦。他并没有松下一口气来。

暑假后，是他应该休息的一年。我们都盼望他能够到南边来游一趟，谁知道在假期里他便一瞑不视了呢？我永远不会再有机会见到瘦了后的佩弦了！

（节选）

致陆晶清信之一

——石评梅

晶清：

昨夜我要归寝的时候，忽然想推开房门，望望那辽阔的青天，闪烁的繁星：那时夜正在睡眠，静沉沉的院中，只看见卧在地上的杨柳，慢慢地摆动。唉！晶清，在这样清静神秘的夜幕下，不禁又想到一切的回忆，心中的疑闷又一波一波汹涌起来。人生之网是这样的迷恋，终久是像在无限的时间中，向那修长的途程奔驰！我站在松树下默默地想着，觉着万丝纷披，烦恼又轻轻弹动着心弦。后来何妈怕我受了风寒，劝我回到房里。

我蓦然间觉着一股辛酸，满怀凄伤，填满了我这破碎的心房！朋友！我遂倒卧在床上，拼将这久蓄的热泪滴到枕畔。愁惨的空气，布满了梅窠，就连壁上的女神，也渐渐敛去了笑容。窗外一阵阵风声，渐渐大起来，卷着尘土射到窗纸上沙沙地响个不住！这时我觉得宇宙一切，都表现出异常的恐怖和空洞；茫茫无涯的海里，只有我撑着叶似的船儿，冒着波涛向前激进。

晶清，你或者要诅咒我，说我是神经质的弱者，但我总愿把葬在深心的秘密，在你的面前暴露出来！到后来我遂沉溺在半睡的状态中了。

杨柳的深处，映濡了半天的红霞，流水汩汩地穿过眼前的花畦，我和芗蘅坐在竹篱边。那时心情很恍惚，是和春光一样明媚，是如春花一样灿烂？

在这样迷惘中不久，倏忽又改变了一个境界：前边的绿柳红霞，已隐伏埋没，眼前断阻着一条崎岖不平的山路，森森可怕的深林，一望无底的山涧；我毫无意识的踯躅在这样荒野寂寂的山谷。朋友！

我声嘶力竭，只追着那黑影奔驰，我也不知怎样飞山越涧的进行，“砰”的一声惊醒了我。原来是外边的房门被风刮开了！

晶清，我当时很怀疑，我不知人生是梦？抑梦是人生？

这时风仍刮得可怕，火炉中的火焰也几乎要熄灭，望着这悠悠长夜，不禁想到渺茫的将来而流涕！我遂披衣起床，拧起那惨淡的灯光，写这封含有鬼气的信给你。这时情感自然很激烈，但我相信明天清晨——或这信到你手中时，我的心境已平静像春水一样。

夜尚在神秘的梦里，我倦了，恕不多及。

鲁迅先生记

—— 萧红

鲁迅先生家里的花瓶，好像画上所见的西洋女子用以取水的瓶子，灰蓝色，有点从瓷釉而自然堆起的纹痕，瓶口的两边，还有两个瓶耳，瓶里种的是几棵万年青。

我第一次看到这花的时候，我就问过：

“这叫什么名字？屋里不生火炉，也不冻死？”

第一次，走进鲁迅家里去，那是近黄昏的时节，而且是个冬天，所以那楼下室稍微有一点暗，同时鲁迅先生的纸烟，当它离开嘴边而停在桌角的地方，那烟纹的疮痕一直升腾到他有一些白丝的发梢那么高。而且再升腾就看不见了。

“这花，叫‘万年青’，永久这样！”他在花瓶旁边的烟灰盒中，抖掉了纸烟上的灰烬，那红的烟火，就越红了，好像一朵小红花似的和他的袖口相距离着。

“这花不怕冻？”以后，我又问过，记不得是在什么时候了。

许先生说：“不怕的，最耐久！”而且她还拿着瓶口给我抓着。

我还看到了那花瓶的底边是一些圆石子，以后，因为熟识了的缘故，我就自己动手看过一两次，又加上这花瓶是常常摆在客厅的黑色长桌上；又加上自己是来自寒带的北方，对于这在四季里都不凋零的植物，总带着一点惊奇。

而现在这“万年青”依旧活着，每次到许先生家去，看到那花，有时仍站在那黑色的长桌子上，有时站在鲁迅先生照相的前面。

花瓶是换了，用一个玻璃瓶装着，看得到淡黄色的须根，站在瓶底。

有时候许先生一面和我们谈论着，一面检查着房中所有的花草。看一看叶子是不是黄了。该剪掉的剪掉，该洒水的洒水，因为不停地动作是她的习惯。有时候就检查着这“万年青”，有时候就谈鲁迅先生，就在他的照相前面谈着，但那感觉，却像谈着古人那么悠远了。

至于那花瓶呢？站在墓地的青草上面去了，而且瓶底已经丢失，虽然丢失了也就让它空空地站在墓边。我所看到的是从春天一直站到秋天；它一直站到邻旁墓头的石榴树开了花而后结成了石榴。

从开炮以后，只有许先生绕道去过一次，别人就没有去过。当然那墓草是长得很高了，而且荒了，还说什么花瓶，恐怕鲁迅先生的瓷半身像也要被荒了的草埋没到他的胸口。

我们在这边，只能写纪念鲁迅先生的文章，而谁去努力剪齐墓上的荒草？我们是越去越远了，但无论多么远，那荒草是总要记在心上的。

怀晚晴老人

——夏丏尊

壁间挂着一张和尚的照片，这是弘一法师。

弘一法师的照片我曾有好几张，迁避时都未曾带出。现在挂着的一张，是他去年从青岛回厦门，路过上海时请他重拍的。

他去年春间从厦门往青岛湛山寺讲律，原约中秋后返厦门。“八一三”以后不多久，我接到他的信，说要回上海来再到厦门去。那时上海正是炮火喧天，炸弹如雨，青岛还很平静。我劝他暂住青岛，并报告他我个人损失和困顿的情形。他来信似乎非回厦门不可，叫我不必替他过虑。且安慰我说：“湛山寺居僧近百人，每月食物至少需三百元。现在住持者不生忧虑，因依佛法自有灵感，不致绝粮也。”

在大场陷落的前几天，他果然到上海来了。从新北门某寓馆打电话到开明书店找我。我不在店，雪邨先生代我先去看他。据说，他向章先生详问我的一切，逃难的情形，儿女的情形，事业和财产的情形，什么都问到。章先生逐项报告他，他听到一项就念一句佛。我赶去看他已在夜间，他却没有详细问什么。几年不见，彼此都觉得老了。他见我有愁苦的神情，笑对我说道："世间一切，本来都是假的，不可认真。前回我不是替你写过一副《金刚经》的四句偈了吗？'一切有为法，如梦幻泡影，如露亦如电，应作如是观。'你现在正可觉悟这真理了。"

他说三天后有船开厦门，在上海可住二日。第二天又去看他。那旅馆是一面靠近民国路一面靠近外滩的，日本飞机正狂炸浦东和南市一带，在房间里坐着，每几分钟就要受震惊一次。我有些挡不住，他却镇静如常，只微动着嘴唇。这一定又在念佛了。和几位朋友拉他同到觉林蔬食处午餐，以后要求他到附近照相馆留一摄影——就是这张相片。

他回到厦门以后，依旧忙于讲经说法。厦门失陷时，我们很纪念他，后来知道他已早到了漳州了。来信说："近来在漳州城区弘扬佛法，十分顺利。当此国难之时，人多发心归信佛法也。"今年夏间，我丢了一个孙儿，他知道了，写信来劝我念佛。

厦门陷落后，丰子恺君从桂林来信，说想迎接他到桂林去。我当时就猜测他不会答应的。果然，他复子恺的信说："朽人年来老态日增，不久即往生极乐。故于今春在泉州及惠安尽力弘法，近在漳州亦尔。犹如夕阳，殷红绚彩，随即西沉。吾生亦尔，世寿将尽，聊作最后之纪念耳……缘是不克他往，谨谢厚谊。"这几句话非常积极雄壮，毫没有感伤气。

他自题白马湖的庵居叫"晚晴山房"，有时也自称晚晴老人。据他和我说，他从儿时就欢喜唐人"人间爱晚晴"（李义山句）的诗句，所以有此称号。"犹如夕阳，殷红绚彩，随即西沉"这几句话，恰好就是晚晴二字的注脚，可以道出他的心事的。

他今年五十九岁，再过几天就六十岁了。去年在上海离别时，曾对我说："后年我六十岁，如果有缘，当重来江浙，顺便到白马湖晚晴山房去小住一回，且看吧。"他的话原是毫不执着的。凡事随缘，要看"缘"的有无，但我总希望有这个"缘"。

5

最好时光里的那个人

我爱，
你知否我无言的忧衷，
怀想着往日轻盈之梦。
梦中我低低唤着你小名，
醒来只是深夜长空有孤雁哀鸣！

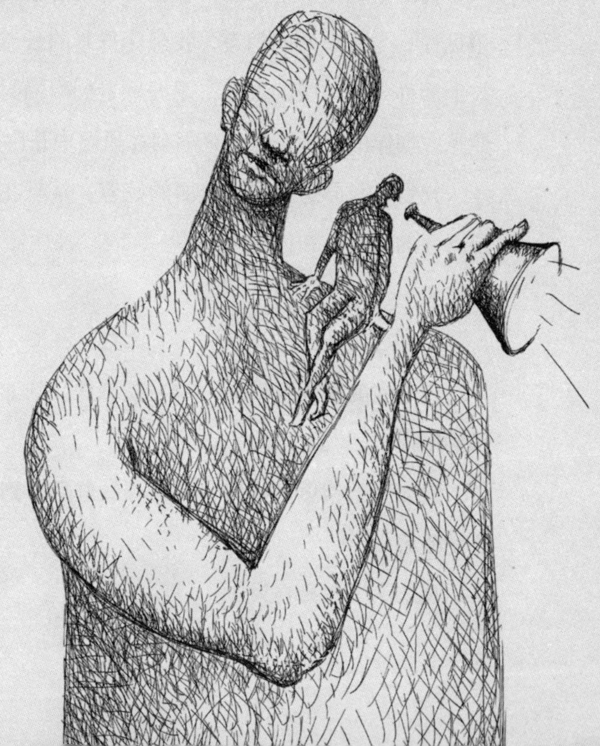

墓畔哀歌

——石评梅

一

我由冬的残梦里惊醒，春正吻着我的睡靥低吟！晨曦照上了窗纱，望见往日令我醺醉的朝霞，我想让丹彩的云流，再认认我当年的颜色。披上那件绣着蛱蝶的衣裳，姗姗地走到尘网封锁的妆台旁。呵！明镜里照见我憔悴的枯颜，像一朵颤动在风雨中苍白凋零的梨花。

我爱，我原想追回那美丽的姣容，祭献在你碧草如茵的墓旁，谁知道青春的残蕾已和你一同殉葬。

二

假如我的眼泪真凝成一粒一粒珍珠，到如今我已替你缀织成绕你玉颈的围巾。

假如我的相思真化作一颗一颗的红豆，到如今我已替你堆集永久勿忘的爱心。

哀愁深埋在我心头。

我愿燃烧我的肉身化成灰烬，我愿放浪我的热情怒涛汹涌，天呵！这蛇似的蜿蜒，蚕似的缠绵，就这样悄悄地偷去了我生命的青焰。

我爱，我吻遍了你墓头青草在日落黄昏；我祷告，就是空幻的梦吧，也让我再见见你的英魂。

三

明知道人生的尽头便是死的故乡，我将来也是一座孤冢，衰草斜阳。有一天呵！我离开繁华的人寰，悄悄入葬，这悲艳的爱情一样是烟消云散，昙花一现，梦醒后飞落在心头的都是些残泪点点。

然而我不能把记忆毁灭，把埋我心墟上的残骸抛却，只求我能永久徘徊在这累累荒冢之间，为了看守你的墓茔，祭献那茉莉花环。

我爱，你知否我无言的忧衷，怀想着往日轻盈之梦。梦中我低低唤着你小名，醒来只是深夜长空有孤雁哀鸣！

四

黯淡的天幕下，没有明月也无星光，这宇宙像数千年的古墓；皑皑白骨上，飞动闪映着惨绿的磷花。我匍匐哀泣于此残锈的铁栏之旁，愿烘我愤怒的心火，烧毁这黑暗丑恶的地狱之网。

命运的魔鬼有意捉弄我弱小的灵魂，罚我在冰雪寒天中，寻觅那凋零了的碎梦。求上帝饶恕我，不要再残害我这仅有的生命，剩得此残躯在，容我杀死那狞恶的敌人！

我爱，纵然宇宙变成烬余的战场，野烟都腥：在你给我的甜梦里，我心长系驻于虹桥之中，赞美永生！

五

我整天踟蹰于累累荒冢，看遍了春花秋月不同的风景，抛弃了一切名利虚荣，来到此无人烟的旷野，哀吟缓行。我登了高岭，向云天苍茫的西方招魂，在绚烂的彩霞里，望见了我沉落的希望之陨星。

远处是烟雾冲天的古城，火星似金箭向四方飞游！隐约的听见刀枪搏击之声，那狂热的欢呼令人震惊！在碧草萋萋的墓头，我举起了胜利的金觥，饮吧我爱，我奠祭你静寂无言的孤冢！

星月满天时，我把你遗我的宝剑纤手轻擎，宣誓向长空：

愿此生永埋了英雄儿女的热情。

六

假如人生只是虚幻的梦影，那我这些可爱的映影，便是你赠予我的全部生命。我常觉你在我身后的树林里，骑着马轻轻地走过去。常觉你停息在我的窗前，徘徊着等我的影消灯熄。常觉你随着我唤你的声音悄悄走近了我，又含泪退到了墙角。常觉你站在我低垂的雪帐外，哀哀地对月光而叹息！

在人海尘途中，偶然逢见个像你的人，我停步凝视后，这颗心呵！便如秋风横扫落叶般冷森凄零！我默思我已经得到爱之心，如今只是荒草夕阳下，一座静寂无语的孤冢。

我的心是深夜梦里，寒光闪灼的残月，我的情是青碧冷静，永不再流的湖水。残月照着你的墓碑，湖水环绕着你的坟，我爱，这是我的梦，也是你的梦，安息吧，敬爱的灵魂！

七

我自从混迹到尘世间，便忘却了我自己；在你的灵魂我才知是谁。

记得也是这样夜里。我们在河堤的柳丝中走过来，走过去。我们无语，心海的波浪也只有月儿能领会。你倚在树上望明月沉思，我枕在你胸前听你的呼吸。抬头看见黑翼飞来掩遮住月儿的清光，你抖颤着问我：假如这苍黑的翼是我们的命运时，应该怎样？

我认识了欢乐，也随来了悲哀，接受了你的热情，同时也随来了冷酷的秋风。往日，我怕恶魔的眼睛凶，白牙如利刃；我总是藏伏在你的腋下趑趄不敢进，你一手执宝剑，一手扶着我践踏着荆棘的途径，投奔那如花的前程！

如今，这道上还留着你斑斑血痕，恶魔的眼睛和牙齿再是那样凶狠。但是我爱，你不要怕我孤零，我愿用这一纤细的弱玉腕，建设那如意的梦境。

八

春来了，催开桃蕾又飘到柳梢，这般温柔慵懒的天气真使人恼！她似乎躲在我眼底有意缭绕，一阵阵风翼，吹起了我灵海深处的波涛。

这世界已换上了装束，如少女般那样娇娆，她披拖着浅绿的轻纱，蹁跹在她姹紫嫣红中舞蹈。伫立于白杨下，我心如捣，强睁开模糊的泪眼，细认你墓头，萋萋芳草。

满腔辛酸与谁道？愿此恨吐向青空将天地包。它纠结围绕着我的心，像一堆枯黄的蔓草，我爱，我待你用宝剑来挥扫，我待你用火花来焚烧。

九

累累荒冢上，火光熊熊，纸灰缭绕，清明到了。这是碧草绿水的春郊。墓畔有白发老翁，有红颜年少，向这一抔黄土致不尽的怀忆和哀悼，云天苍茫处我将魂招；白杨萧条，暮鸦声声，怕孤魂归路迢迢。

逝去了，欢乐的好梦，不能随墓草而复生，明朝此日，谁知天涯何处寄此身？叹漂泊我已如落花浮萍，且高歌，且痛饮，拼一醉烧熄此心头余情。

我爱，这一杯苦酒细细斟，邀残月与孤星和泪共饮，不管黄昏，不论夜深，醉卧在你墓碑旁，任霜露侵凌吧！我再不醒。

走“人生”的长途

——鲁迅

广平兄：

今天收到来信，有些问题恐怕我答不出，姑且写下去看。

学风如何，我以为和政治状态及社会情形相关的，倘在山林中，该可以比城市好一点，伊只要办事人员好。但若政治昏暗，好的人也不能做办事人员，学生在学校中，只是少听到一些可厌的新闻，待到出校和社会接触，仍然要苦痛，仍然要堕落，无非略有迟早之分。所以我的意思，倒不如在都市中，要堕落的从速堕落罢，要苦痛的速速苦痛罢，否则从较为宁静的地方突到闹处，也须意外的吃惊受苦，其苦痛之总量，与本在都市者略同。

学校的情形，向来如此，但一二十年前，看去仿佛较好者，因为足够办学资格的人们不很多，因而竞争也不猛烈的缘故。现在可多了，竞争也猛烈了，于是坏脾气也就彻底显出。教育界的清高，本是粉饰之谈，其实和别的什么界都一样，人的气质不大容易改变，进几年大学是无甚效力的，况且又有这样的环境，正如人身的血液一坏，体中的一部分决不能独保健康一样，教育界也不会在这样的民国里特别清高的。

所以，学校之不甚高明，其实由来已久，加以金钱的魔力，本是非常之大，而中国又是向来善于运用金钱诱惑法术的地方，于是自然就成了这现象。听说现在是中学校也有这样的了，间有例外者，大概即因年龄太小，还未感到经济困难或花费的必要之故罢。至于传入女校，当是近来的事，大概其起因，当在女性已经自觉到经济独立的必要，所以获得这独立的方法，不外两途，一是力争，一是巧取，前一法很费力，于是就堕入后一手段去，就是略一清醒，又复昏睡了。可是这不独女界，男人也都如此，所不同者巧取之外，还有豪夺而已。

我其实哪里会“立地成佛”，许多烟卷，不过是麻醉药，烟雾中也没有见过极乐世界。假使我真有指导青年的本领——无论指导得错不错——我决不藏匿起来，但可惜我连自己也没有指南针，到现在还是乱闯，倘若闯入深坑，自己有自己负责，领着别人又怎么好呢，我之怕上讲台讲空话者就为此。记得有一种小说里攻击牧师，说有一个乡下女人，向牧师沥诉困苦的半生，请他救助，牧师听毕答道：“忍着罢，上帝使你在生前受苦，死后定当赐福的。”其实古今的圣贤以及哲人学者所说，何尝能比这高明些，他们之所谓“将来”，不就是牧师之所谓“死后”么？我所知道的话就是这样，我不相信，但自己也并无更好解释。章锡琛的答话是一定要糊涂的，听说他自己在书铺子里做伙计，就时常叫苦连天。

我想，苦痛是总与人生联带的，但也有离开的时候，就是当睡熟之际。醒的时候要免去若干苦痛，中国的老法子是“骄傲”与“玩世不恭”，我自己觉得我就有这毛病，不大好。苦茶加“糖”，其苦之量如故，只是聊胜于无“糖”，但这糖就不容易找到，我不知道在哪里，只好交白卷了。

以上许多话，仍等于章锡琛，我再说我自己如何在世上混过去的方法，以供参考罢——

一、走“人生”的长途，最易遇到的有两大难关。其一是“歧路”，倘若墨翟先生，相传是恸哭而返的。但我不哭也不返，先在歧路头坐下，歇一会，或者睡一觉，于是选一条似乎可走的路再走，倘遇见老实人，也许夺他食物充饥，但是不问路，因为我知道他并不知道的。如果遇见老虎，我就爬上树去，等它饿得走去了再下来，倘它竟不走，我就自己饿死在树上，而且先用带子缚住，连死尸也决不给它吃。但倘若没有树呢？那么，没有法子，只好请它吃了，但也不妨也咬它一口。其二便是“穷途”了，听说阮籍先生也大哭而回，我却也像歧路上的办法一样，还是跨进去，在刺丛里姑且走走，但我也并未遇到全是荆棘毫无可走的地方过，不知道是否世上本无所谓穷途，还是我幸而没有遇着。

二、对于社会的战斗，我是并不挺身而出的，我不劝别人牺牲什么之类者就为此。欧战的时候，最重“壕堑战”，战士伏在壕中，有时吸烟，也唱歌，打纸牌，喝酒，也在壕内开美术展览会，但有时忽向敌人开他几枪。中国多暗箭，挺身而出的勇士容易丧命，这种战法是必要的罢。但恐怕也有时会迫到非短兵相接不可的，这时候，没有法子，就短兵相接。

总结起来，我自己对于苦闷的办法，是专与苦痛捣乱，将无赖手段当作胜利，硬唱凯歌，算是乐趣，这或者就是糖罢。但临末也还是归结到“没有法子”，这真是没有法子！

以上，我自己的办法说完了，就是不过如此，而且近于游戏，不像步步走在人生的正轨上（人生或者有正轨罢，但我不知道），我相信写了出来，未必于你有用，但我也只能写出这些罢了。

鲁迅

爱眉小札

——徐志摩

龙龙：

我的肝肠寸寸断了，今晚再不好好的给你一封信，再不把我的心给你看，我就不配爱你，就不配受你的爱。我的小龙呀，这实在是太难受了，我现在不愿别的，只愿我伴着你一同吃苦——你方才心头一阵阵地作痛，我在旁边只是咬紧牙关闭着眼替你熬着，龙呀，让你血液里的讨命鬼来找着我吧，叫我眼看你这样生生地受罪，我什么意念都变了灰了！你吃鲜鲜的苦是真的，叫我怨谁去？

离别当然是你今晚纵酒的大原因，我先前只怪自己不留意，害你吃成这样，但转想你的苦，分明不全是酒醉的苦，假如今晚你不喝酒，我到了相当的时刻得硬着头皮对你说再会，那时你就会舒服了吗？再回头受逼迫的时候，就会比醉酒的病苦强吗？咳，你自己说的对，顶好是醉死了完事，不死也得醉，醉了多少可以自由发泄，不比死闷在心窝里好吗？所以我一想到你横竖是吃苦，我的心就硬了。我只恨你不该留这许多人一起喝，人一多就糟，要是单是你与我对喝，那时要醉就同醉，要死也死在一起，醉也是一体，死也是一体，要哭让眼泪和成一起，要心跳让你我的胸膛贴紧在一起，这不是在极苦里实现了我们想望的极乐，从醉的大门走进了大解脱的境界，只要我们灵魂合成了一体，这不就满足了我们最高的想望吗？

啊！我的龙，这时候你睡熟了没有？你的呼吸调匀了没有？你的灵魂暂时平安了没有？你知不知道你的爱正含着两眼热泪在这深夜里和你说话，想你，疼你，安慰你，爱你？我好恨呀，这一层的隔膜，真的全是隔膜，这仿佛是你淹在水里挣扎着要命，他们却掷下瓦片石块来算是救渡你，我好恨呀！这酒的力量还不够大，方才我站在旁边是完全准备了的，我知道我的龙儿的心坎儿只嚷着："我冷呀，我要他的热胸膛偎着我；我痛呀，我要我的他搂着我；我倦呀，我要在他的手臂内得到我最想望的安息与舒服！"——但是实际上我只能在旁边站着看，我稍微一帮助就受人干涉，意思说："不劳费心，这不关你的事，请你早去休息吧，她不用你管！"

哼，你不用我管！我这难受，你大约也有些觉着吧！

方才你接连叫着："我不是醉，我只是难受，只是心里苦。"你那话一声声像是钢铁锥子刺着我的心：愤，慨，恨，急的各种情绪就像潮水似的涌上了胸头；那时我就觉得什么都不怕，勇气像天一般的高，只要你一句话出口什么事我都干！为你我抛弃了一切，只是本分为你我，还顾得什么性命与名誉——真的，假如你方才说出了一句半句着边际、着颜色的话，此刻你我的命运早已变定了方向都难说哩！

你多美呀，我醉后的小龙，你那惨白的颜色与静定的眉目，使我想象起你最后解脱时的形容，使我觉着一种逼迫赞美崇拜的激震，使我觉着一种美满的和谐——龙，我的至爱，将来你永诀尘俗的俄顷，不能没有我在你的最近的身旁，你最后的呼吸一定得明白报告这世间你的心是谁的，你的爱是谁的，你的灵魂是谁的！龙呀，你应当知道我是怎样的爱你，你占有我的爱，我的灵，我的肉，我的“整个儿”。永远在我爱的身旁旋转着，永久缠绕着。真的龙龙，你已经激动了我的痴情。我说出来你不要怕，我有时真想拉你一同死去，去到绝对的死的寂灭里去实现完全的爱，去到普遍的黑暗里去寻求唯一的光明——咳，今晚要是你有一杯毒药在近旁，此时你我竟许早已在极乐世界了。说也怪，我真的不沾恋这形式的生命，我只求一个同伴，有了同伴我就情愿欣欣的瞑目；龙龙，你不是已经答应做我永久的同伴了吗？我再不能放松你，我的心肝，你是我的，你是我这一辈子唯一的成就，你是我的生命，我的诗；你完全是我的，一个个细胞都是我的——你要说半个不字叫天雷打死我完事。

我在十几个钟头内就要走了，丢开你走了，你怨我忍心不是？我也自认我这回不得不硬一硬心肠，你也明白我这回去是我精神的与知识的“散拿吐瑾（一种药）”。我受益就是你受益，我此去得加倍用心，你在这时期内也得加倍奋斗，我信你的勇气，这回就是你试验、实证你勇气的机会。我人虽走，我的心不离开你，要知道在我与你的中间有的是无形的精神线，彼此的悲欢喜怒此后是会相通的，你信不信？（身无彩凤双飞翼，心有灵犀一点通。）我再也不必嘱咐，你已经有了努力的方向，我预知你一定成功，你这回冲锋上去，死了也是成功！有我在这里，阿龙，放大胆子，上前去吧，彼此不要辜负了，再会！

摩

三月十日早三时

我不愿意替你规定生活，但我要你注意，缰子一次拉紧了是松不得的，你得咬紧牙齿暂时对一切的游戏娱乐应酬说一声再会，你干脆得谢绝一切朋友。你得彻底的刻苦，你不能纵容你的 whims（率性），再不能管闲事，管闲事空惹一身骚；也再不能发脾气。记住，只要你耐得住半年，只要你决意等我，回来时一定使你满意欢喜，这都是可能的；天下没有不可能的事——只要你有信心，有勇气，腔子里有热血，灵魂里有真爱。龙呀！我的孤注就押在你的身上了！

再如失望，我的生机也该灭绝了。

最后一句话：只有 S 是唯一有益的真朋友。

三月十日早

（节选）

她那么看过我

——老舍

人是为明天活着的，因为记忆中有朝阳晓露。假若过去的早晨都似地狱那么黑暗丑恶，盼明天干吗呢？是的，记忆中也有痛苦危险，可是希望会把过去的恐怖裹上一层糖衣，像看着一出悲剧似的，苦中有些甜美。无论怎么说吧，过去的一切都不可移动；实在，所以可靠；明天的渺茫全仗昨天的实在撑持着，新梦是旧事的拆洗缝补。

对了，我记得她的眼。她死了好多年了，她的眼还活着，在我的心里。这对眼睛替我看守着爱情。当我忙得忘了许多事，甚至于忘了她：这两只眼会忽然在一朵云中，或一汪水里，或一瓣花上，或一线光中，轻轻地一闪，像归燕的翅儿，只需一闪，我便感到无限的春光。我立刻就回到那梦境中，哪一件小事都凄凉，甜美，如同独自在春月下踏着落花。

这双眼所引起的一点爱火，只是极纯的一个小火苗，像心中的一点晚霞，晚霞的结晶。它可以烧明了流水远山，照明了春花秋叶，给海浪一些金光，可是它恰好也能在我心中，照明了我的泪珠。

它们只有两个神情：一个是凝视，极短极快，可是千真万确的是凝视。

只微微地一看，就看到我的灵魂，把一切都无声地告诉给了我。凝视，一点儿也不错，我知道她只需极短极快地一看，看的动作过去了，极快地过去了，可是，她心里看着我呢，不定看多么久呢；我到底得管这叫凝视，不论它是多么快，多么短。一切的诗文都用不着，这一眼便道尽了“爱”所会说的与所会做的。另一个是眼珠横着一移动，由微笑移动到微笑里去，在处女的尊严中笑出一点点被爱逗出的轻佻，由热情中笑出一点点无法抑制的高兴。

我没和她说过一句话，没握过一次手，见面连点头都不点。可是我的一切，她知道，她的一切，我知道。我们用不着看彼此的服装，用不着打听彼此的身世，我们一眼看到一粒珍珠，藏在彼此的心里；这一点点便是我们的一切，那些七零八碎的东西都是配搭，都无须注意。看我一眼，她低着头轻快地走过去，把一点微笑留在她身后的空气中，像太阳落后还留下一些明霞。

我们彼此躲避着，同时彼此愿马上搂抱在一处。我们轻轻地哀叹；忽然遇见了，那么凝视一下，登时欢喜起来，身上像减了分量，每一步都走得轻快有力，像要跳起来的样子。

我们极愿意说一句话，可是我们很怕交谈，说什么呢？哪一个日常的俗字能道出我们的心事呢？让我们不开口，永不开口吧！我们的对视与微笑是永生的，是完全的，其余的一切都是破碎微弱，不值得一提的。

我们分离有许多年了，她还是那么秀美，那么多情。在我的心里，她将永远不老，永远只向我一个人微笑。在我的梦中，我常常看见她，一个甜美的梦是最真实、最纯洁、最完美的。多少人生中的小困苦小折磨使我丧气，使我轻看生命。可是，那个微笑与眼神忽然从哪儿飞来，我想起唯有“人面桃花相映红”方可比拟的一点心情与境界，我忘了困苦，我不再丧气，我恢复了青春；无疑的，我在她的洁白的梦中，必定还是个美少年啊！

春在燕的翅上，把春光颤得更明了一些，同样，我的青春在她的眼里，永远使我的血温暖，像土中的一颗籽粒，永远想发出一颗小小的绿芽。一粒小豆那么小的一点爱情，眼珠一移，嘴唇一动，日月都没有了作用，到无论什么时候，我们总是一对刚开开的春花。

不要再说什么，不要再说什么！我的烦恼也是香甜的啊，因为她那么看过我。

忆萧珊

——巴金

晚夜梦见萧珊，她拉住我的手，说：“你怎么成了这个样子？”我安慰她：“我不要紧。”她哭起来。我心里难过，就醒了。

病房里有淡淡的灯光。每夜临睡前，陪伴我的儿子或者女婿总是把一盏开着的台灯放在我的床脚。夜并不静，附近通宵施工，似乎在搅拌混凝土。此外我还听见知了的叫声。在数九的冬天哪里来的蝉叫？原来是我的耳鸣。

这一夜是我儿子值班，他静静地睡在靠墙放的帆布床上。过了好一阵子他翻了一个身。

我醒着，我在追寻萧珊的哭声。耳朵倒叫得更响了……我终于轻轻地唤出了萧珊的名字：“蕴珍。”我闭上眼睛。房间马上变换了。

在我们家中，楼下寝室里，她睡在我旁边另一张床上，小声嘱咐我：“你有什么委屈，不要瞒住我，千万不能吞在肚里啊……”

在中山医院的病房里，我站在床前，她含泪地望着我说：“我不愿离开你。没有我，谁来照顾你啊？”

在中山医院的太平间，担架上一个带人形的白布包，我弯下身子接连拍着，无声地哭唤：“蕴珍，我在这里，我在这里……”

我用铺盖蒙住脸。我真想大叫两声。我快要给憋死了。“我到哪里去找她？！”我连声追问自己。我又回到了华东医院的病房。耳边仍是早已习惯的耳鸣。

她离开我十二年了。十二年，多么长的日日夜夜！每次我回到家门口，眼前就出现一张笑脸，一个亲切的声音向我迎来，可是走进院子，却只见一些高高矮矮的、没有花的绿树。上了台阶，我环顾四周，她最后一次离家的情景还历历在目：她穿得整整齐齐，有些急躁，有点伤感，又似乎充满希望，走到门口还回头张望……仿佛车子才开走不久，大门刚刚关上。不，她不是从这两扇绿色大铁门出去的，以前门铃也没有这样悦耳的声音。十二年前更不会有开门进来的挎书包的小姑娘。——为什么偏偏她的面影不能在这里再现？为什么不让她看见活泼可爱的小端端？

我仿佛还站在台阶上等待着车子的驶近，等待着一个人回来。这样长的等待！十二年了！甚至在梦里我也听不见她那清脆的笑声。我记得的只是孩子们捧着她的骨灰盒回家的情景。这骨灰盒起初放在楼下我的寝室内，床前五斗橱上。后来“文革”收场，给封闭了十年的楼上她的睡房启封，我又同骨灰盒一起搬上二楼，她仍然伴着我度过无数的长夜。我摆脱不了那些做不完的梦。总是那一双泪汪汪的眼睛！总是那一副前额皱成“川”字的愁颜！总是那无限关心的叮咛劝告！好像我有满腹的委屈瞒住她，好像我摔倒在泥淖中不能自拔，好像我又给打翻在地让人踏上一脚。——每夜每夜，我都听见床前骨灰盒里她的小声呼唤，她的低声哭泣。

怎么我今天还做这样的梦？！怎么我现在还甩不掉那种种精神的枷

锁？！——悲伤没有用。我必须结束那一切梦景。我应当振作起来，哪怕是最后的一次。骨灰盒还放在我的家中，亲爱的面容还印在我的心上，她不会离开我，也从未离开我。做了十年的“牛鬼”，我并不感到孤单。我还有勇气迈步走向我的最终目标——死亡。我的遗物将献给国家。我的骨灰将同她的骨灰搅拌在一起，洒在园中给花树做肥料。

闹钟响了。听见铃声，我疲倦地睁大眼睛。应当起床了。床头小柜上的闹钟是从我家里带来的。我按照冬季的作息时间——六点半起身。儿子帮我穿好衣物，扶我下床。他不知道前一夜我做了什么梦，醒了多少次。

给隐妹的信

—— 朱自清

亲爱的隐妹：

巴黎登铁塔，在塔顶寄一片给你，想可先到。这片上盖有铁塔邮戳，是个值得保存的纪念品，请特别给收着。

我与徐君在巴黎停了三天，第一天看了王家花园；法国花园是整齐的，对称的，清清楚楚，是散文而少诗味。第一天又看了凯旋门，上面的雕刻甚伟大。第二天看 Louvre 宫（卢浮宫）的画与雕刻。中国杂志上的插画，原件差不多都在这里；最有名的 Venus 像（维纳斯像）也看见了。下午去凡尔赛宫，看了许多历史画，又看了许多式样的喷水。晚上看放花，水火交映，雄奇伟丽，向所未睹。第三日登铁塔，下午游殖民地博览会。按照各处房屋式样，仿造于会址中，以安南宫为最好看，庄严壮伟之至！晚上也有灯光与喷水，与凡尔赛又自不同，而灯光变化尤为奇异。

八日从巴黎到伦敦，至多维尔时验护照，并须验身体；别国人不须验，只验我与徐君，甚为可恨！当日下午至旅馆，举目无一熟人，甚感寂寞！九日与徐君出门，拿了地图乱闯，居然也走了几个地方。十日游大英博物院及西寺，及伦敦堡、伦敦堡桥。总之，初到外国，无一不觉新奇。我每过一地，总买些画片或指南，将来回国，可以此消夜。

我现住的旅馆，尚好。每星期连早饭，三十二先令，约合中国三十五元。下星期也许搬到更便宜的人家去住，说话的机会也多些。现在此地只见过吴雨僧先生介绍的一位朋友，其余并无熟人。你的信中说你寂寞，其实我也未尝不如此。

你的信是九日去使馆取来的。读了几遍，使人怅然不能为怀！你的诗做得甚好；第一首尤稳，第二首平仄略差。我也想写些诗，但苦心思不定。昨天徐君赴爱丁堡，我今天搬了屋子，明天也许心定些。

你说的相思之苦，我怎样安慰你呢？只能说我现在也感到孤单，好像自己罚了自己。但我总希望你多和姊妹们玩儿，可以散散心。日子久些，心稍为定些，可以多写写诗画画，这样或者容易消遣过去些。

胡秋原先生现在何处，他的恋爱事已成就否？极念！二娃回来否？她的近况怎样，我极愿知道。但更着急的，你现在究竟怎么办？住在哪里呢？我出国以前直到现在，最担心的便是这个。你来信望告诉我！

我打算在伦敦大学选课，开学须在下月。我想二三个月内加油学习英文。我的英文实在不行，简直不够用。今晚吃饭，被人多算了钱，因语言不方便，只好不与计较，这一半也因胆怯，不敢说。中年人到底不如少年之勇往直前了。

今晚是真正独自的一晚，昨晚虽也是独处，但因和人看房子，直到十一时才回，还不觉什么。今晚真觉到不同了。想起南海的夏夜，我的隐，我的亲亲的妹子，我怎样遣这绮怀呢？我说这话，该不教你生气吧？

告诉你一件小笑话。昨晚和人在大街上走，忽然对面来了一个半老的女人，注视我们一眼。我以为是好奇之故。哪知走了不久，两个女人跟了上来，一个便是刚才看见的那个。她和我的同伴兜搭，说在美术馆见过他，请他到家去喝茶，他当然不肯。另一个更老的妖怪似的走近我。先吹了一个哨子，我正奇怪，马上明白，打算不理她，她问我说英语否。我摇头说“No”。她又问能说德语否，我说“我刚学英语”，她说“我教你”。我直摇头，也不说话。她看不是路数，就走到那个女人旁边去了。我这时怕别人看了不好看，想回头走，我的同伴不肯；他用中国话说，回头她们以为我们怕她们，更要跟着不肯走了。他的话也有理，我就听之；过了一会儿，这两个女的果然走了。想不到在上海那么多野鸡没有拉过我，在伦敦却被这么老的野鸡拉，而且着急，真可笑之至！

此信写的甚乱，因心思尚没有恢复原状。本该说些西伯利亚道中情形，只好等下星期再说吧。

我住的地址不用写给你，因为下星期也许要移动。

给二娃、六妹等问好，不久想写封信给二娃，在我知她确实的踪迹以后。祝你快乐！

你的清

我回北平以来

——鲁迅

小刺猬：

今天——二十七日——下午，果然收到你廿一日所发信。我十五日信所选的两张笺纸，确也有一点意思的，大略如你所推测。莲蓬中有莲子，尤是我所以取用的原因。但后来各笺，也并非幅幅含有义理，小刺猬不可要求过深，以致神经过敏为要。

阿フ（阿夫）如此吃苦，实为可怜，但是出牙，则也无法可想，现在必已全好了罢。编辑费可先托老三取出，那边寄来之收条，则暂存，待我到时填写。你的大妹的头痛，我想还是身体衰弱之故，最好是吃补剂，如鱼肝油之类（我所吃的这一种），你可由这回的来款中划出百元之谱，买而寄之，我辈有余而她不足，补助亦所当为。寄以现款，原也很好，但大抵是要移作家用，不以自奉的，但倘能使之精神舒服，则听其自由支配，亦佳。一切由你酌定就是。

姑母来沪，即不发表亦将发见，自以发表为宜，结果如何，可以不必顾虑。我对于一切外间传言，即最消极也不过不辩，而大抵以是认之时为多，是是非非，都由他们去，总之我们是有小白象了。

计我回北平以来，已两星期，除应酬之外，读书作文，一点也不做，且也做不出来。那间后房，一切如旧，而小刺猬不坐在床沿上，是使我最觉得不满足的，幸而来此已两星期，距回沪之期渐近了。新租的屋，已说明为堆什物及寓客之用，客厅之书不动，也不住人。

今天已将牙齿补好，只花了五元，据云将就一二年，须全盘做过了。但现在试用，尚觉合适。晚间是徐旭生、张凤举等在中央公园邀我吃饭，十时才回寓。总算为侍桁寻得了一个饭碗。同席约有十人，他们已都知道我因“唔唔唔”而不肯留北。

旭生说，今天女师大因两派对于一教员之排斥和挽留，甲以钱袋击乙之头，致乙昏厥过去，抬入医院。小姐们之挥拳，似以此为嚆矢（响箭）云。

明天拟往东城探听船期，晚则幼渔邀我吃饭；后天北大讲演；大后天拟往西山看韦素园。这三天中较忙，大约未必能写什么详信了。

此刻小刺猬＝小莲蓬＝小莲子不知是睡着还是醒着。计此信到时，我在这里距启行之日也已不远了。这是使我高兴的。但我仍然静心保养，并不焦躁，小刺猬千万放心，并且也自保重为要。

你的小白象

致高孝贞

——闻一多

贞：

出门快一星期了，尚未接家信，这是什么道理？若不是小妹病使我担心，有没有信倒无关系。明信片上我已经写好了住址，只要填上几句话就行了。何以忙到这样？鹤、雕两人就忘记我了吗？到这里来，并不像你们想的那样享福。早上起来，一毛钱一顿早饭，是几碗冷稀饭，午饭晚饭都是两毛一顿，名曰两菜一汤，实只水煮盐拌的冰冰冷的白菜萝卜之类，其中加几片肉就算一个荤。加上这样一日三餐是在大食堂里吃的，所以开饭时间一过了，就没有吃的。先来的人们自己组织了一个小厨房，吃得当然好点，但现在人数已满，我来迟了，加入不了。至于茶水更不必提了。公共的地方预备了几瓶开水，一壶粗茶，渴了就兑一点灌一杯，但常常不是没有开水就是没有茶。自己未尝不想买一个茶壶和热水瓶，但买来了也没有用，因为并没有人给你送开水来。再过一星期（十一月三日）还到衡山上去。到那里情形或者好一点，因为那边人数少些，一切当然容易弄得有秩序点。但是也难说。

我述了这种情形并非诉苦，因为来到这里，饭量并未减少，并且这样度着国难的日子于良心甚安。听说南开大学校长张伯苓先生还自己洗手巾、袜子，我也在照办。讲到袜子，那双旧的，你为什么不给我补补再放进箱子里？我自己洗袜子是会的，补却不会。鉴、怒二人来否？历史系上衡山否，现尚未定。上衡山的一部分，恐怕要十一月半后才能上课。学校的钱寄到否？寄北平的款退回否？小小妹病究竟如何，我日夜挂念。鹤、雕能写信，小弟、大妹也能画图画写字，何不寄点来给我看看？

九月份薪金今日又领到九十七元四角五。

多

给亡妇

——朱自清

谦，日子真快，一眨眼你已经死了三个年头了。这三年里世事不知变化了多少回，但你未必注意这些个，我知道。你第一惦记的是你几个孩子，第二便轮着我。孩子和我平分你的世界，你在日如此，你死后若还有知，想来还如此的。告诉你，我夏天回家来着：迈儿长得结实极了，比我高一个头。闰儿父亲说是最乖，可是没有先前胖了。采芷和转子都好。五儿全家夸她长得好看，却在腿上生了湿疮，整天坐在竹床上不能下来，看了怪可怜的。六儿，我怎么说好，你明白，你临终时也和母亲谈过，这孩子是只可以养着玩儿的，他左挨右挨去年春天，到底没有挨过去。这孩子生了几个月，你的肺病就重起来了。我劝你少亲近他，只监督着老妈子照管就行。你总是忍不住，一会儿提，一会儿抱的。可是你病中为他操的那一份儿心也够瞧的。那一个夏天他病的时候多，你成天儿忙着，汤呀，药呀，冷呀，暖呀，连觉也没有好好儿睡过。哪里有一分一毫想着你自己。瞧着他硬朗点儿你就乐，干枯的笑容在黄蜡般的脸上，我只有暗中叹气而已。

从来想不到做母亲的要像你这样。从迈儿起，你总是自己喂乳，一连四个都这样。你起初不知道按钟点儿喂，后来知道了，却又弄不惯；孩子们每夜里几次将你哭醒了，特别是闷热的夏季。我瞧你的觉老没睡足。白天里还得做菜，照料孩子，很少得空儿。你的身子本来坏，四个孩子就累你七八年。到了第五个，你自己实在不成了，又没乳，只好自己喂奶粉，另雇老妈子专管她。但孩子跟老妈子睡，你就没有放过心；夜里一听见哭，就竖起耳朵听，工夫一大就得过去看。十六年初，和你到北京来，将迈儿、转子留在家里；三年多还不能去接他们，可真把你惦记苦了。你并不常提，我却明白。你后来说你的病就是惦记出来的；那个自然也有份儿，不过大半还是养育孩子累的。你的短短的十二年结婚生活，有十一年耗费在孩子们身上；而你一点儿不厌倦，有多少力量用多少，一直到自己毁灭为止。你对孩子一般儿爱，不问男的女的，大的小的。也不想到什么“养儿防老，积谷防饥”，只拼命地爱去。你对于教育老实说有些外行，孩子们只要吃得好玩得好就成了。这也难怪你，你自己便是这样长大的。况且孩子们原都还小，吃和玩本来也要紧的。你病重的时候最放不下的还是孩子。病得只剩皮包着骨头了，总不信自己不会好，老说：“我死了，这一大群孩子可苦了。”后来说送你回家，你想着可以看见迈儿和转子，也愿意；你万不想到会一走不返的。我送车的时候，你忍不住哭了，说：“还不知能不能再见？”可怜，你的心我知道，你满想着好好儿带着六个孩子回来见我的。谦，你那时一定这样想，一定的。

除了孩子，你心里只有我。不错，那时你父亲还在，可是你母亲死了，他另有个女人，你老早就觉得隔了一层似的。出嫁后第一年你虽还一心一意依恋着他老人家，到第二年上我和孩子可就将你的心占住，你再没有多少工夫惦记他了。你还记得第一年我在北京，你在家里。家里来信说你待不住，常回娘家去。我动气了，马上写信责备你。你教人写了一封复信，说家里有事，不能不回去。这是你第一次也可以说第末次的抗议，我从此就没给你写信。暑假时带了一肚子主意回去，但见了面，看你一脸笑，也就拉倒了。打这时候起，你渐渐从你父亲的怀里跑到我这儿。你换了金镯子帮助我的学费，叫我以后还你；但直到你死，我也没有还你。你在我家受了许多气，又因为我家的缘故受你家里的气，你都忍着。这全为的是我，我知道。

那回我从家乡一个中学半途辞职出走。家里人讽你也走。哪里走？只得硬着头皮往你家去。那时你家像个冰窖子，你们在窖里足足住了三个月。好容易我才将你们领出来了，一同上外省去。小家庭这样组织起来了。你虽不是什么阔小姐，可也是自小娇生惯养的，做起主妇来，什么都得干一两手，你居然做下去了，而且高高兴兴地做下去了。菜照例满是你做，可是吃的都是我们，你至多夹上两三筷子就算了。你的菜做得不坏，有一位老在行大大地夸奖过你。你洗衣服也不错，夏天我的绸大褂大概总是你亲自动手。你在家老不乐意闲着，坐前几个“月子”，老是四五天就起床，说是躺着家里事没条没理的。其实你起来也还不是没条理。咱们家那么多孩子，哪儿来条理？在浙江住的时候，逃过两回兵难，我都在北平。真亏你领着母亲和一群孩子东藏西躲的。末一回还要走多少里路，翻一道大岭。这两回差不多只靠你一个人。你不但带了母亲和孩子们，还带了我一箱箱的书。你知道我是最爱书的。在短短的十二年里，你操的心比人家一辈子还多。谦，你那样身子怎么经得住！你将我的责任一股脑儿担负了去，压死了你，我如何对得起你！

致萧军

—— 萧红

日本东京—青岛

均：

今天我才是第一次自己出去走个远路，其实我看也不过三五里，但也算了，去的是神保町，那地方的书局很多，也很热闹，但自己走起来也总觉得没什么趣味，想买点什么，也没有买，又沿路走回来了。觉得很生疏，街路和风景都不同，但有黑色的河，那和徐家汇一样，上面是有破船的，船上也有女人、孩子。也是穿着破皮衣裳。并且那黑水的气味也一样。像这样的河巴黎也会有！

你的小伤风既然拖了许多日子也应该管他，吃点阿司匹林吧！

现在我庄严地告诉你一件事情，在你看到之后一定要在回信上写明！就是第一件你要买个软枕头，看过我的信就去买！硬枕头破坏脑神经。你若不买，来信也告诉我一声，我在这边买两个给你寄去，不贵，并且很软。第二件，你要买一张当成被子用的有毛的那种单子，就像我带来那样的，不过更该厚点。你若懒得买，来信也告诉我，也为你寄去。

还有，不要忘了夜里不要（吃）东西。没有了。以上这就是所有的这封信上的重要事情。

照相机现在你也有用了，再寄一些照片来。我在这里多少有点苦寂，不过，多写些东西也就添补起来了。旧地重游是很有趣的，并且有那样可爱的海！你现在一定洗海澡好几次了，但怕你没有脱衣裳的房子。

你再来信说你这样好那样好，我可说不定也去，我的稿费也可以够了。你怕不怕？我是和（你）开玩笑，也许是假玩笑。

你随手有什么我没看过的书也寄一本两本来！实在没有书读，越寂寞就越想读书，一天到晚不说话，再加上一天到晚也不看一个字，我觉得很残忍，又像我从（前）在旅馆一个人住着的那个样子。但有钱，有钱除掉吃饭也买不到别的趣味。

祝好。

萧上

一九三六年八月十七日

日本东京一青岛

均：

昨天和今天都是下雨，我上课回来是遇着毛毛雨，所以淋得不很湿。现在我有雨鞋了，但，是男人穿的样式，所以走在街上有许多人笑，这个地方就是如此守旧，假若衣裳你不和她们穿得同样，谁都要笑你，日本女人穿西装，啰里啰嗦，但你也必得和她一样啰嗦，假若整齐一些，或是她们没有见过的，人们就要笑。

上课的时间真是够多的，整个下半天就为着日语消费了去。今天上到第三堂的时候，我的胃就很痛，勉强支持过来了。

这几天很凉了，我买了一件小毛衣（二元五），将来再冷，我就把大毛衣穿上。我想我的衣裳一定可以支持到下月半。

我很爱夜，这里的夜，非常沉静，每夜我要醒几次的，每醒来总是立刻又昏昏地睡去，特别安静，又特别舒适。早晨也是好的，阳光还没晒到我的窗上，我就起来了，想想什么，或是吃点什么。这三两天之内，我的心又安然下来了。什么人什么命，吓了一下，不在乎。

孟有信来，让我回去吧，在这住有什么意思呢！

现在我一个人搭了几次高架电车，很快，并且还钻洞，我觉得很好玩，不是说好玩，而说有意思。因为你说过，女人这个也好玩那个也好玩。上回把我丢了，因为不到站我就下来了，走出了车站看看不对，那么往哪里走呢？我自己也不知道，瞎走吧，反正我记住了我的住址。可笑的是华在的时候，告诉我空中飞着的大气球是什么商店的广告，那商店就离学校不远，我一看到那大球，就奔着去了。于是总算没有丢。

虹没有信来，你告诉他也不要来信了，也告诉别人不要来信了。

这是你在青岛我给你的末一封信。再写信就是上海了。船上买一点水果带着，但不要吃鸡子，那东西不消化。饼干是可以带的。

祝好。

小鹅

一九三六年九月二十一日

日本东京—上海

军：

关于周先生的死，二十一日的报上，我就渺渺茫茫知道一点，但我不相信自己是对的，我跑去问了那唯一的熟人，她说："你是不懂日本文的，你看错了。"我很希望我是看错，所以很安心地回来了，虽然去的时候是流着眼泪。

昨夜，我是不能不哭了。我看到一张中国报上清清楚楚登着他的照片，而且是那么痛苦的一刻。可惜我的哭声不能和你们的哭声混在一道。

现在他已经是离开我们五天了，不知现在他睡到哪里去了？虽然在三个月前向他告别的时候，他是坐在藤椅上，而且说：“每到码头，就有验病的上来，不要怕，中国人就专会吓呼（唬）中国人，茶房就会说：验病的来啦！来啦……”

我等着你的信来。

可怕的是许女士的悲痛，想个法子，好好安慰着她，最好是使她不要静下来，多多和她来往。过了这一个最难忍的痛苦的初期，以后总是比开头容易平伏下来。还有那孩子，我真不能够想象了。我想一步踏了回来，这想象的时间，在一个完全孤独了的人是多么可怕！

最后你替我去送一个花圈或是什么。

告诉许女士：看在孩子的面上，不要太多哭。

红

一九三六年十月二十四日

日本东京—上海

均：

挂号信收到。四十一元二角五的汇票，明天去领。二十号给你一信，二十四又一信，大概也都收到了吧？

你的房子虽然费一点，但也不要紧，过过冬再说吧，外国人家的房子，大半不坏，冬天装起火炉来，暖烘烘的住上三两月再说。房钱虽贵，我主张你是不必再搬的，一个人，还不比两个人，若冷清清的过着冬夜，那赶上冰山一样了。也许你不然，我就不行，我总是这么没出息，虽然是三个月不见了，但没出息还是没出息。不过我是不回去的。奇来了时，你和明他们在一道也很热闹了。

钱到手就要没有的，要去买件外套，这几天就很冷了。余下的钱，我想在十一月一个整月就要不够。一百元不知能弄到不能？请你下一封信回我。总要有路费留在手里才放心。

这几天，火上得不小，嘴唇又全烧破了。其实一个人的死是必然的，但知道那道理是道理，情感上就总不行。我们刚来到上海的时候，另外不认识更多的一个人了。在冷清清的亭子间里读着他的信，只有他，安慰着两个漂泊的灵魂……写到这里鼻子就酸了。

均，童话未能开始，我也不作那计划了，太难，我的民间生活不够用的。现在开始一个两万字的，大约下月五号完毕。之后，就要来一个十万字的了，在十二月以内可以使你读到原稿。

日语懂了一些了。

日本乐器，“筝”在我的邻居家里响着。不敢说是思乡，也不敢说是思什么，但就总想哭。什么也写不下去了。

河清，我向你问好。

吟

一九三六年十月廿九日

日本东京—上海

三郎：

我没有迟疑过，我一直是没有回去的意思，那不过偶尔说着玩的。至于有一次真想回去，那是外来的原因，而不（是）我自己的自动。

大概你又忘了，夜里又吃东西了吧？夜里在外国酒店喝酒，同时也要吃点下酒的东西的，是不是？不要吃，夜里吃东西在你很不合适。

你的被子比我的还薄，不用说是不合用的了，连我的夜里也是凉凉的。你自己用三块钱去买一张棉花，把你的被子带到淑奇家去，请她替你把棉花加进去。如若手头有钱，就到外国店铺买一张被子，免得烦劳人。

我告诉你的话，你一样也不做，虽然小事，你就总使我不安心。

身体是不很佳，自己也说不出有什么毛病，沈女士近来一见到就说我的面孔是膨胀的，并且苍白。我也相信，也不大相信，因为一向是这个样子，就没稀奇了。

前天又重头痛一次，这虽然不能怎样很重地打击了我（因为痛惯了的缘故），但当时那种切实的痛苦无论如何也是真切地感到。算来头痛已经四五年了，这四五年中，头痛药不知吃了多少。当痛楚一来到时，也想赶快把它医好吧，但一停止了痛楚，又总是不必了。因为头痛不至于死，现在是有钱了，连这样小病也不得了起来，不是连吃饭的钱也刚刚不成问题吗？所以还是不回去。人们都说我身（体）不好，其实我的身（体）是很好的，若换一个人，给他四五年间不断的头痛，我想知道他的身体还好不好，所以我相信我自己是健康的。

周先生的画片，我是连看也不愿意看的，看了就难过。海婴想爸爸不想？

这地方，对于我是一点留恋也没有，若回去就不用想再来了，所以莫如一起多住些日子。

现在很多的话，都可以懂了，即是找找房子，与房东办办交涉也差不多行了。大概因为东亚学校钟点太多，先生在课堂上多半也是说日本话的。现在想起初来日本的时候，华走了以后的时候，那真是困难到极点了。几乎是熬不住。

珂，既然家有信来，还是要好好替他打算一下，把利害说给他，取决当然在于他自己了。我离得这样远，关于他的情形，我总不能十分知道，上次你的信是问我的意见，当时我也不知为什么他来到了上海。他已经有信来，大半是为了找我们，固然他有他的痛苦，可是找到了我们，接着他就没有新的痛苦吗？虽然他给我的信上说着“我并不忧于流浪”，而且又说，他将来要找一点事做，以维持生活。我是知道的，上海找事，哪里找去。我是总怕他的生活成问题，又年轻，精神方面又敏感，若一下子挣扎不好，就要失掉了永久的力量。我看既然与家庭没有断掉关系，可以到北平去读书——若不愿意重来这里的话。

这里短时间住住则可，把日语学学，长了是熬不住的，若留学，这里我也不赞成，日本比我们中国还病态，还干苦（枯），这里没有健康的灵魂，不是生活。中国人的灵魂在全世（界）中说起来，就是病态的灵魂，到了日本，日本比我们更病态，既是中国人，就更不应该来到日本留学。 他们人民的生活，一点自由也没有，一天到晚，连一点声音也听不到，所有的住宅都像空着，而且没有住人的样子。一天到晚，歌声是没有的，哭笑声也都没有。夜里从窗子往外看去，家屋就都黑了，灯光也都被关于板窗里面。日本人民的生活，真是可怜，只有工作，工作得和鬼一样，所以他们的生活完全是阴森的。中国人有一种民族的病态，我们想改正它还来不及，再到这个地方和日本人学习，这是一种病态上再加上病态。我说的不是日本没有可学的，所差的只是他的不健康处也正是我们的不健康处，为着健康起见，好处也只得丢开了。

礼拜六夜（十二日）我是住在沈女士住所的，早晨天还未明，就读到了报纸，这样的大变动使我们惊慌了一天，上海究竟怎么样，只有等着你的来信。

新年好。

荣子

一九三六年十二月十五日

寄霓君

—— 朱湘

我爱：

我前几天看到一件很有趣味的东西，一尺长的鱼，一阵总有几十个，在船走过的时候，飞起来。它们能飞几丈、几十丈远，飞时翅膀看得很清楚。鱼是很好看，可惜我不能抓住一条寄回给你看看。

前天在檀香山，船停一天，我们大家多上岸玩。在一个“鱼介博物馆”内看到许多稀奇古怪的东西，有鸡一样大的虾子，两个大钳子，还有各种各样的鱼，有的扁的只有三分厚；圆的像一个桃子，有些嘴长得特别长，好像臭虫，同猪的嘴一样。鱼的颜色更是好看得不得了，有些黑花上面满是黄点子，好像豹皮一般；有些上半截鹅黄，下半截淡青，好像女人穿的衣裳同裙子，腰间还有两条黑条子，那就像系一条黑缎边的淡青腰带。妹妹，我的妹妹，你说这好看不？这些鱼印的有照片，我已经买了一份。等到了学校之处，寄信方便之时，我就寄给你看看，收着——不过这些照片比起活的来，差得远了。因为活的身体透明，并且在水中游来游去，极其灵活；正像你的照片虽然照得很好看，到底不如见面之时，我能听见你讲话。

我不曾离开上海的时候，一个人住在青年会，极其想你，做了一首诗。一直想写给你看，偏偏事情太忙不能有时候写下来。

如今很闲空，我的精神又好，所以就此写出来：

戍卒

边关绿草被秋风一夜吹黄，
戈壁的平沙连天铺起浓霜，
冷气悄无声将云逐过穹苍——
我披起冬裳不觉想到家乡。

家乡现在是田中弥漫禾香，
闪动的镰刀似蚕食过青桑，
朱红的柿子累累叶底深藏。
鸡雏在谷场，
噪着争拾余粮。

灯擎光似豆照她坐在机旁，
一丝丝的黑影在墙上奔忙，
秋虫畏冷倚墙根切切凄伤。
儿子卧空床，
梦中时唤爷娘。

一声雁叫拖曳过塞冷关荒，
它携侣呼朋同去暖的南方，

在絮白芦花之内偃卧常羊。

独留我徊徨，

在这萧索边疆。

这首诗大意是说丈夫出外当兵（戍卒），秋天冷了，穿起妻子替他做的棉衣，不觉想起家乡来（第一段）。他想秋天家乡正是割稻子的时候（第二段）。到了夜间，妻一定是对着灯光在机子旁边坐着织布，他们两个生的小孩子一定是睡在那张本来是三个人卧的床上，在梦中还叫父亲呢，哪知道父亲如今是在万里之外了（第三段）！这父亲听到一声雁叫，便自思道："这鸟儿尚且能带着母鸟去南边避寒，偏我不能回家，这是多苦的事呀！"（第四段）

这首诗有些字怕你不知意思，我就解释一下：边关是长城，戈壁是蒙古的大沙漠之名称，在长城北，穹苍是天，弥漫是充满，镰刀是割稻的，累累是多，鸡雏是小鸡，灯擎是点灯芯的豆油灯，塞、关都是长城，携是带，侣是伴，就是妻子（母雁），絮白芦花是同棉花一样白的芦花，常羊是游玩，徊徨是徘徊，就是走来走去，萧索是荒凉，边疆是靠近外国的地方。

初识王映霞之时

——郁达夫

十四日，星期五，晴暖如春天

午前洗了身，换了小褂裤，试穿我女人自北京寄来的寒衣。可惜天气太暖，穿着皮袍子走路，有点过于蒸热，走上汽车，身上已经出汗了。王独清自广东来信，说想到上海来而无路费，嘱为设法。我与华林一清早就去光华为他去交涉寄四十元钱去。这事也不晓能不能成功，当于三日后，再去问他们一次，因为光华的主人不在。从光华出来，就上法界尚贤里一位同乡孙君那里去。在那里遇见了杭州的王映霞女士，我的心又被她搅乱了，此事当竭力的进行，求得和她做一个永久的朋友。

中午我请客，请她们痛饮了一场，我也醉了，醉了，啊啊，可爱的映霞，我在这里想她，不知她可也在那里忆我？

午后三四点钟，上出版部去看信。听到了一个消息，说上海的当局，要来封锁创造社出版部，因而就去徐志摩那里，托他为我写了一封致丁文江的信。晚上在出版部吃晚饭，酒还没有醒。月亮好极了，回来之后，又和华林上野路上去走了一回。南风大，天气却温和，月明风暖，我真想煞了王君。

从明天起，当做一点正当的事情，或者将把《洪水》第二十六期编起来也。

十六日，星期日，雨雪

昨晚上醉了回来，做了许多梦。在酒席上，也曾听到了一些双关的隐语，并且王女士待我特别的殷勤，我想这一回，若再把机会放过，即我此生就永远不再能尝到这一种滋味了，干下去，放出勇气来干下去吧！

窗外面在下雪，耳畔传来了许多檐滴之声。我的钱，已经花完了，今天午前，就在此地做它半天小说，去卖钱去吧！我若能得到王女士的爱，那么恐怕此后的创作力更要强些。啊，人生还是值得的，还是可以得到一点意义的。写小说，快写小说，写好一篇来去换钱去，换了钱来为王女士买一点儿生辰的礼物。

午后雪止，变成了凉雨，冒雨上出版部去谈了一会儿杂天，三时前后出来街上，去访问同乡李某，想问问他故乡劫后的情形何如，但他答说："也不知道。"

夜饭前，回到寓里，膳后徐葆炎来谈到十点钟才去。急忙写小说，写到十二点，总算写完了一篇，名《清冷的午后》，怕是我的作品中最坏的一篇。

（节选）

致杨静

——戴望舒

丽萍：

到平已月余，可是还没有给你写一封信，这种心情也许你是能理解的吧。我一直对自己说，我要忘记你，但是我如何能忘记！每到一个好玩的地方，每逢到一点快乐的事，我就想到你，心里想：如果你在这儿多好啊！一直到上星期为止，我总以为朵朵暂时不记得你了：从上船起一直到上星期这一个多月中，她从来没有提到你一个字，我以为新年快乐使她忘记了一切，可是，在上星期当她打了防疫针起反应而发高烧的时候，她竟大声喊着："妈咪，你作免呒要我第，顶呒解我第嗨里处！"这呓语泄漏出了她一个月以来隐藏着的心情，使我眼泪也夺眶而出。真的，你为什么抛开我们？我们为什么会在这里的啊！

可是不要说这些感伤的话了，且把我们分手后的情形告诉你吧。那一天，船一直到晚上九点才开，上船后，我的气喘就好多了。我和二朵朵，卞之琳和邝先生各占一个房舱（大朵朵在我们隔壁的房舱）。房舱很舒服，约等于普通船的头等舱。大菜间也是我们独占的，我们整天在那里玩。伙食也不错，而且餐餐有酒喝。在海上除了第一二天有雾外，一路风平浪静，船上的人，除了大朵朵外，一个晕船的也没有。三月十七日晨，船就到了大沽口，可是并没有当天上岸，因为从北平派来接我们的人，一直到十八日下午才开了小轮船来接我们（我们的船太大了不能一直开到天津）。

那天晚上，我们到了塘沽，宿在海关的宿舍里，受着隆重的招待，第二天十九日，塘沽公安局招宴，宴毕，才上了专为我们而备的专车。十二时到天津，市政府又在车站中款待我们，休息了一小时，在四时到了北平，当即来到翠明庄。翠明庄是从前日本人造来做将校招待所的，胜利后国民党拿来做励志社，现在是人民政府拿来做招待民主人士的地方，虽不及北京饭店或六国饭店大，但比前二处更清静而进出自由。我住的三十一号是全庄最好的一间，有客厅、卧室、浴室和贮藏室等四间，小而精致，房中有电话，十分方便。在军调部时代，据说是叶剑英将军住的，而北平解放后，人民政府副市长徐冰也曾住在这里，可以算是有历史性的房间了。卧室有两张沙发床，我和二朵朵睡，大朵朵独自睡一张，一个多月来我们就一直生活在这儿。

刚来的那一天，二朵朵高兴兴奋得了不得，变成小麻雀一样地多话了。真的，一切在她都是新鲜的，我一辈子也没有坐过专车，她却第一次坐火车就坐了，高耸着的正阳门，故宫的琉璃瓦，这一切都是照她所说那样，是“从来也没有看见过”的。（后来她还吃了她“从来也没有吃过”的糖葫芦、炒红果、蜜饯和小白梨等。）这里，我们的一切需要他们都管，如洗浴、理发、洗衣和医药等，饭食是每日三餐，早晨吃粥，午晚吃饭，饭菜非常丰富，每餐有鱼有肉，有时是全只的鸡鸭，把嘴也吃高了，不知将来离开此地时怎样呢！

这一个多月差不多是游玩过去的，不是看戏就是玩公园故宫等。孩子们成天跟着我，直到四月一日以后，我才比较松一点。因为她们是在四月一日进了孔德学校的。孔德学校是北平有名的中小学，虽然现在已不如以前，可是总还不错。因为校长和主任都是认识的，所以她们两人就毫无困难地进去了。大朵进了五年级，二朵进了幼稚园大班。麻烦的是二朵只上半天课，下午还是缠住了我。她现在北京话已说得很不错了。

我身体仍然不大好，所以本来计划从军南下的计划，只能搁起而决定留在北平。也许最近就得到新的工作岗位上去，不再过这种舒适有闲的生活了。我希望仍能带着孩子，可是事情只能到那时再说。政府的托儿所是很好的，好些同志的孩子们都是红红胖胖的，恐怕比我管好得多。

前些日子和二朵到颐和园去玩，请朋友照了相，这里寄奉，大朵因为在读书，所以没有去。

预料你回信来时我一定不住在这里了，所以你的信还是写下列地址好："北平宣武门外校场头条二十一号吴晓铃先生转。"

你的计划如何？到法国去呢，到上海去呢，还是留在香港？我倒很希望你到北平来看看，索性把昂朵也带来。现在北平是开满了花的时候，街路上充满了歌声，人心里充满了希望。在香港，你只是一个点缀品，这里，你将成为一个有用的人，有无限前途的人。如果有意，可去找沈松泉设法，或找灵凤转夏衍。我应该连忙声明这是为你自己打算而不是为我。

昂朵好否？你身体如何？请来信告知一切。

望舒

四月二十七日灯下

愿

——许地山

南普陀寺里的大石，雨后稍微觉得干净，不过绿苔多长一些。天涯的淡霞好像给我们一个天晴底信。树林里的虹气，被阳光分成七色。树上，雄虫求雌的声，凄凉得使人不忍听下去。妻子坐在石上，见我来，就问：“你从哪里来？我等你许久了。”

“我领着孩子们到海边捡贝壳咧。阿琼捡着一个破的，虽不完全，里面却像藏着珠子的样子。等他来到，我教他拿出来给你看一看。”

“在这树荫底下坐着，真舒服呀！我们天天到这里来，多么好呢！”

妻说：“你哪里能够……”

“为什么不能？”

“你应当作荫，不应当受荫。”

“你愿我做这样的‘荫’么？”

“这样的‘荫’算什么！我愿你做无边宝华盖，能普荫一切世间诸有情。愿你为如意净明珠，能普照一切世间诸有情。愿你为降魔金刚杵，能破坏一切世间诸障碍。愿你为多宝盂兰盆，能盛百味，滋养一切世间诸饥渴者。愿你有六手，十二手，百手，千万手，无量数那由他如意手，能成全一切世间等等美善事。”

我说：“极善，极妙！但我愿做调味的精盐，渗入等等食品中，把自己的形骸融散，且回复当时在海里的面目，使一切有情得尝咸味，而不见盐体。”

妻子说：“只有调味，就能使一切有情都满足吗？”

我说：“盐的功用，若只在调味，那就不配称为盐了。”

一片红叶

——石评梅

这是一个凄风苦雨的深夜。

一切都寂静了，只有雨点落在蕉叶上，淅淅沥沥令人听着心碎。这大概是宇宙的心音吧，它在这人静夜深时候哀哀地泣诉!

窗外缓一阵紧一阵的雨声，听着像战场上金鼓般雄壮，错错落落似鼓桴（鼓槌）敲着的迅速，又如风儿吹乱了柳丝般的细雨，只洒湿了几朵含苞未放的黄菊。这时我握着破笔，对着灯光默想，往事的影儿轻轻在我心幕上颤动，我忽然放下破笔，开开抽屉拿出一本红色书皮的日记来，一页一页翻出一片红叶。这是一片鲜艳如玫瑰的红叶，它夹在我这日记本里已经两个月了。往日我为了一种躲避从来不敢看它，因为它是一个灵魂孕育的产儿，同时它又是悲惨命运的纽结。谁能想到薄薄的一片红叶，里面纤织着不可解决的生谜和死谜呢！我已经是泣伏在红叶下的俘虏，但我绝不怨及它，可怜在万千飘落的枫叶里，它衔带了这样不幸的命运。我告诉你们它是怎样来的：

一九二三年十月廿六的夜里，我翻读着一本《莫愁湖志》，有些倦意，遂躺在沙发上假睡；这时白菊正在案头开着，窗纱透进的清风把花香一阵阵吹在我脸上，我微嗅着这花香不知是沉睡，还是微醉！懒松松的似乎有许多回忆的燕儿，飞掠过心海激动着神思的颤动。我正沉恋着逝去的童年之梦，这梦曾产生了金坚玉洁的友情，不可掠夺的铁志；我想到那轻渺渺像云天飞鸿般的前途时，不自禁地微笑了！睁开眼见菊花都低了头，我忽然担心它们的命运，似乎它们已一步一步走近了坟墓，死神已悄悄张着黑翼在那里接引，我的心充满了莫名的悲绪！

大概已是夜里十点钟，小丫头进来递给我一封信，拆开时是一张白纸，拿到手里从里面飘落下一片红叶。“呵！一片红叶！”我不自禁地喊出来。怔愣了半天，用抖颤的手捡起来一看，上边写着两行字：

满山秋色关不住，

一片红叶寄相思。

天辛采自西山碧云寺

十月二十四日

平静的心湖，悄悄被夜风吹皱了，一波一浪汹涌着像狂风统治了的大海。我伏在案上静静地想，马上许多的忧愁集在我的眉峰。我真未料到一个平常的相识，竟对我有这样一番不能抑制的热情。只是我对不住他，我不能受他的红叶。为了我的素志我不能承受它，承受了我怎样安慰他；为了我没有一颗心给他，承受了如何忍欺骗他。我即使不为自己设想，但是我怎能不为他设想。因之我陷入如焚的烦闷里。

在这黑暗阴森的夜幕下，窗下蝙蝠飞掠过的声音，更令我觉着战栗！我揭起窗纱见月华满地，斑驳的树影，死卧在地下不动，特别现出宇宙的清冷和幽静。我遂添了一件夹衣，推开门走到院里，迎面一股清风已将我心胸中一切的烦念吹净。无目的走了几圈后，遂坐在茅亭里看月亮，那凄清皎洁的银辉，令我对世界感到了空寂。坐了一会，我回到房里蘸饱了笔，在红叶的反面写了几个字是：

枯萎的花篮不敢承受这鲜红的叶儿。

仍用原来包着的那张白纸包好，写了个信封寄还他。这一朵初开的花蕾，马上让我用手给揉碎了。为了这事他曾感到极度的伤心，但是他并未因我的拒绝而中止。

他死之后，我去兰辛那里整理他箱子内的信件，那封信忽然又发(出)现在我眼前！拆开红叶依然，他和我的墨泽都依然在上边，只是中间裂了一道缝，红叶已枯干了。我看见它心中如刀割，虽然我在他生前拒绝了不承受的，在他死后我觉着这一片红叶，就是他生命的象征。上帝允许我的祈求罢！我生前拒绝了他的我，在他死后依然承受他，红叶纵然能去了又来，但是他呢！是永远不能回来了，只剩了这一片志恨千古的红叶，依然无恙地伴着我。

致小曼

——徐志摩

亲爱的：

离开了你又是整一天过去了。我来报告你船上的日子是怎么过的。我好久没有甜甜地睡了。这一时尤其是累，昨天起可有了休息了；所以我想以后生活觉得太倦了的时候，只要坐船，就可以养过来。长江船实在是好，我回国后至少我得同你去汉口坐一次来回。你是城里长大的孩子，不知道乡居水居的风味，更不知道海上河上的风光；这样的生活实在是太窄了，你身体坏一半也是离天然健康的生活太远的原（缘）故。你坐船或许怕晕，但走长江乃至走太平洋决不至于。因为这样的海程其实说不上是航海，尤其在房间里，要不是海水和机轮的声响，你简直可以疑心这船是停着的。

昨晚给你写了信就洗澡上床睡，一睡就着，因为太倦了，一直睡到今早上十点钟才起来。早饭已吃不着，只喝一杯牛奶。

穿衣服最是一个问题，昨晚上吃饭，我穿新做那件米色华丝纱，外罩春舫式的坎肩；照照镜子，还不至于难看。文伯也穿了一件艳绿色的绸衫子，两个人联袂而行，趾高气扬的进餐堂去。我倒懊恼中国衣带太少了，尤其那件新做的蓝夹衫，我想你给我寄纽约去，只消挂号寄，不会遗失的；也许有张单子得填，你就给我寄吧，用得着的。还有人和里我看中了一种料子，只要去信给田先生，他知道给染什么颜色。染得了，让拿出来叫云裳按新做那件尺寸做，安一个嫩黄色的极薄绸里子最好；因为我那件旧的黄夹衫已经褪色，宴会时不能穿了。你给（帮）我去信给爸爸。或是他还在上海，让老高去通知关照人和要那件料子。我想你可以替我办吧。还有衬里的绸裤褂（扎脚管的）最好也给做一套，料子也可以到人和要去，只是你得说明白材料及颜色。你每回寄信的时候不妨加上"Via Vancouver（经由温哥华）"也许可以快些。

今天早上我换了洋服，白哔叽裤，灰法兰绒褂子，费了我好多时候，才给打扮上了，真费事。最糟的是我的脖子确先从十四寸半长到了十五寸，而我的衣领等等都还是十四寸半，结果是受罪。尤其是瑞午送我那件领子特别小，正怕不能穿，那真可惜。穿洋服是真不舒服，脖子、腰、脚，全上了镣铐，行动都感到拘束，哪有我们的服装合理，西洋就是这件事情欠通，晚上还是中装。

饭食也还要得，我胃口也有渐次增加的趋向。最好一样东西是橘子，真正的金山橘子，那个儿的大，味道之好，同上海卖的是没有比的。吃了中饭到甲板上散步，走七转合一哩，我们是宽袍大袖，走路斯文得很。有两个牙齿雪白的英国女人走得快极了，我们走小半转，她们走一转。船上是静极了的，因为这是英国船，客人都是些老头儿，文伯叫他们retired burglars（退休的窃贼），因为他们全是在东方赚够了钱回家去的。年轻女人虽则也有几个，但都看不上眼，倒是一位似乎福建人的中国女人长得还不坏。可惜她身边永远有两个年轻人护着，说的话也是我们没法懂的，所以也只能看看。

到现在为止，我们跟谁都没有交谈过，除了房间里的 boy，看情形我们在船上结识朋友的机会是少得很，英国人本来是难得开口，我们也不一定要认识他们。船上的设备和布置真是不坏；今天下午我们各处去走了一转，最上层的甲板是叫 sundeck，可以太阳浴。那三个烟囱之粗，晚上看看真吓人。一个游泳池真不坏，碧清的水逗人得很，我可惜不会游水，否则天热了，一天浸在里面都可以的。健身房也不坏，小孩子另有陈设玩具的屋子，图书室也好，只是书少而不好。音乐也还要得，晚上可以跳舞，但没人跳。电影也有，没有映过。我们也到三等船舱里去参观了，那真把我骇住了，简直是一个 China Town 的变相，都是赤膊赤脚的，横七竖八地躺着，此外摆着十几只长方的桌子，每桌上都有一两人坐着，许多人围着。我先不懂，文伯说了，我才知道是“摊”，赌法是用一大把棋子合在碗下，你可以放注，庄家手拿一根竹条，四颗四颗地拨着数，到最后剩下的几颗定输赢。看情形进出也不小，因为每家跟前都是有一厚叠的钞票：这真是非凡，赌风之盛，一至于此……呜呼！中华的文明。

摩摩

一九二八年六月十七日夜

（节选）

6

就这样慢慢到老

兰花的清香，
又是一阵浓厚地包裹过来，
几只蜜蜂嗡嗡地在花旁兜着圈子，
她深切地意识到，
窗外已充满了春光。

窗

——林海音

窗，你遮挡了我的身，却永远遮不住我的心、我的思与念、我的秋夜与晚风。窗，你凌乱了我的书，却永远隐不了书的墨香、书的肥与瘦、书的典雅与雍容。窗，你就那样子定格在这里，岁月沧桑了你初生的鲜艳，风雨浸湿了你凹凸的衣着，尘埃借住了你粗糙的毛孔，虫子啃噬了你坚强的脊骨，藏书挤占了你狭窄的心胸。窗呵，你的身躯已经苍老，我无能为力，只能撮合你与书籍相合，唯愿书中黄金为你添色，书中如玉容颜钟情与你。窗，我亦与你同在。

走来窗下笑相倚，寂寞伶仃，唯窗怜惜，清涧月光，如流岁月，尽皆妆点这窗台倩影，与我如影随形，如泣如诉，倾诉着充满奇异的故事，久久未能落下圆润的句号，逗号一个紧接着一个的排列，串成一行行浅谈的记忆音符，平仄而有韵律，不需唯美，只需窗台一处，堆叠情书千封，情话不尽，唯心一颗，与窗交心，流年不腐！

窗前向秋月，碧心融窗影，寒风拂尘，搓净了你，你从岁月里夺回了一丝鲜丽的边角，无奈风静时，风尘依旧沾染了你；无力的挣扎，显露了你苍脆的骨架，尽被寒怯的光阴风化，留下斑驳的痕迹，仿佛被时间践踏了一般，可是你毅然定格伫立，不曾折腰屈眉，也不曾横眉冷笑，只确默默中迎来风尘，又静待风雨洗浴，循循环环，直至筋骨不在。

古城阁楼，窗台都很秀气，雕栏画眉，宛如浅妆淡雅的少女，偶见窗扇半开，都会想象成闺中少女临窗远眺看山，看日出，看日暮。倘若你站在楼下叫她，她便会探出头来，对你嫣然巧笑，那双灵动的秋眸能把男儿心都给勾走了。如是一见钟情，且请“走来窗下笑相扶，爱道画眉深浅入时无”，能乎？

我的窗，不似那么秀气，也没有那般灵动，可仍然勾动了我的心，她刚直，木格的体质，外有一层漆装，内已有不知何时入住的“土著”啃木虫，天气一有些邪热就能听到它进餐的吱吱声，稍有些不厌其烦，呵呵，“房东”都未赶走它，为之奈何，我也就没必要自烦气恼。此窗一隔层排列了我的一些书籍，我时常就窗台揣下一碗碗心灵鸡汤，慰藉心灵，在另外一些信笺上写情书。另外一些窗台隔层，摆放零碎的物什，有时挺整齐，第二天可能就有些凌乱了，一来二去也就没必要时常收拾了。还有一些写了字句的纸便笺粘在窗沿，时常看看，解谢烦闷，倒是给生活多了一些激励的提示。

人的内心世界也有很多扇窗，有些窗扇全开，有些半掩，有些漏一夹缝，有些紧闭，有些只画了个窗形尚未修建。心窗，无所谓大小，应有所谓的是是否坚固、牢靠，能经历流年而不腐更好。我的心窗上常寄放书籍，没有时时翻阅，也能被书的墨香陶冶，十分耐腐，流年不败，静待四季流觞的洗礼。

寒窗苦读，十七载有余，此时秋夜微寒，苦楚何来？唯有一篇《窗》。

时光荏苒，岁月如梭，枫红季节，寒风深夜，沧桑了谁的窗台记忆？

骂人的艺术

——梁实秋

古今中外没有一个不骂人的人。骂人就是有道德观念的意思，因为在骂人的时候，至少在骂人者自己总觉得那人有该骂的地方。何者该骂，何者不该骂，这个抉择的标准，是极道德的。所以根本不骂人，大可不必。骂人是一种发泄感情的方法，尤其是那一种怨怒的感情。想骂人的时候而不骂，时常在身体上弄出毛病，所以想骂人时，骂骂何妨。

但是，骂人是一种高深的学问，不是人人都可以随便试的。有因为骂人挨嘴巴的，有因为骂人吃官司的，有因为骂人反被人骂的，这都是不会骂人的原（缘）故。今以研究所得，公诸同好，或可为骂人时之一助乎？

（一）知己知彼

骂人是和动手打架一样的，你如其敢打人一拳，你先要自己忖度下，你吃得起别人的一拳否。这叫做知己知彼。骂人也是一样。譬如你骂他是“屈死”，你先要反省，自己和“屈死”有无分别。你骂别人荒唐，你自己想想曾否吃喝嫖赌。否则别人回敬你一二句，你就受不了。所以别人有着某种短处，而足下也正有同病，那么你在骂他的时候只得割爱。

（二）无骂不如己者

要骂人须要挑比你大一点的人物，比你漂亮一点的或者比你坏得万倍而比你得势的人物。总之，你要骂人，那人无论在好的一方面或坏的一方面都要能胜过你，你才不吃亏的。你骂大人物，就怕他不理你，他一回骂，你就算骂着了。在坏的一方面胜过你的，你骂他就如教训一般，他既（即）便回骂，一般人仍不会理会他的。假如你骂一个无关痛痒的人，你越骂他他越得意，时常可以把一个无名小卒骂出名了，你看冤与不冤?

（三）适可而止

骂大人物骂到他回骂的时候，便不可再骂；再骂则一般人对你必无同情，以为你是无理取闹。骂小人物骂到他不能回骂的时候，便不可再骂；再骂下去则一般人对你也必无同情，以为你是欺负弱者。

（四）旁敲侧击

他偷东西，你骂他是贼；他抢东西，你骂他是盗，这是笨伯。骂人必须先明虚实掩映之法，须要烘托旁衬，旁敲侧击，于要紧处只一语便得，所谓杀人于咽喉处著（着）刀。越要骂他你越要原谅他，即便说些恭维话亦不为过，这样的骂法才能显得你所骂的句句是真实确凿，让旁人看起来也可见得你的度量。

（五）态度镇定

骂人最忌浮躁。一语不合，面红筋跳，暴躁如雷，此灌夫骂座（指借酒发泄心中不满；灌夫为西汉武将，因酒后戏侮田蚡，被诛族——编者注），泼妇骂街之术，不足以骂人。善骂者必须态度镇静，行若无事。普通一般骂人，谁的声音高便算谁占理，谁来得势猛便算谁骂赢，唯真善骂人者，乃能避其而击其懈。你等他骂得疲倦的时候，你只消轻轻地回敬他一句，让他再狂吼一阵。在他暴躁不堪的时候，你不妨对他冷笑几声，包管你不费力气，把他气得死去活来，骂得他针针见血。

（六）出言典雅

骂人要骂得微妙含蓄，你骂他一句要使他不甚觉得是骂，等到想过一遍才慢慢觉悟这句话不是好话，让他笑着的面孔由白而红，由红而紫，由紫而灰，这才是骂人的上乘。欲达到此种目的，深刻之用词故不可少，而典雅之言词尤为重要。言词典雅则可使听者不致刺耳。如要骂人骂得典雅，则首先要在骂时万万别提起女人身上的某一部分，万万不要涉及生理学范围。骂人一骂到生理学范围以内，底下再有什么话都不好说了。譬如你骂某甲，千万别提起他的令堂令妹。因为那样一来，便无是非可言，并且你自己也不免有令堂令妹，他若回敬起来，岂非势均力敌，半斤八两？再者骂人的时候，最好不要加人以种种难堪的名词，称呼起来总要客气，即使他是极卑鄙的小人，你也不妨称他先生，越客气，越骂得有力量。骂得（的）时节最好引用他自己的词句，这不但可以使他难堪，还可以减轻他对你骂的力量。俗话少用，因为俗话一览无遗，不若典雅古文曲折含蓄。

（七）以退为进

两人对骂，而自己亦有理屈之处，则处于开骂伊始，特宜注意，最好是毅然将自己理屈之处完全承认下来，即使道歉认错均不妨事。先把自己理屈之处轻轻遮掩过去，然后你再重整旗鼓，著著（咄咄）逼人，方可无后顾之忧。即使自己没有理屈的地方，也绝不可自行夸张，务必要谦逊不遑，把自己的位置降到一个不可再降的位置，然后骂起人来，自有一种公正光明的态度。否则你骂他一两句，他便以你个人的事反唇相讥，一场对骂，会变成两人私下口角，是非曲直，无从判断。所以骂人者自己要低声下气，此所谓以退为进。

（八）预设埋伏

你把这句话骂过去，你便要想想看，他将用什么话骂回来。有眼光的骂人者，便处处留神，或是先将他要骂你的话替他说出来，或是预先安设埋伏，令他骂回来的话失去效力。他骂你的话，你替他说出来，这便等于缴了他的械一般。预设埋伏，便是在要攻击你的地方，你先轻轻地安下话根，然后他骂过来就等于枪弹打在沙包上，不能中伤。

（九）小题大做

如对方有该骂之处，而题目身小，不值一骂，或你所知不多，不足一骂，那时节你便可用小题大做的方法，来扩大题目。先用诚恳而怀疑的态度引申对方的意思，由不紧要之点引到大题目上去，处处用严谨的逻辑逼他说出不逻辑的话来，或是逼他说出合于逻辑但不合乎理的话来，然后你再大举骂他，骂到体无完肤为止，而原来惹动你的小题目，轻轻一提便了。

（十）远交近攻

一个时候，只能骂一个人，或一种人，或一派人。决不宜多树敌。所以骂人的时候，万勿连累旁人，即时必须牵涉多人，你也要表示好意，否则回骂之声纷至沓来，使你无从应付。

骂人的艺术，一时所能想起来的有上面十条，信手拈来，并无条理。我做此文的用意，是助人骂人。同时也是想把骂人的技术揭破一点，供爱骂人者参考。挨骂的人看看，骂人的心理原来是这样的，也算是揭破一张黑幕给你瞧瞧！

自剖

——徐志摩

我是个好动的人；每回我身体行动的时候，我的思想也仿佛就跟着跳荡。我做的诗，不论它们是怎样的“无聊”，有不少是在行旅期中想起的。我爱动，爱看动的事物，爱活泼的人，爱水，爱空中的飞鸟，爱车窗外掣过的田野山水。星光的闪动，草叶上露珠的颤动，花须在微风车的摇动，雷雨时云空的变动，大海中波涛的汹涌，都是在触动我感兴的情景。是动，不论是什么性质，就是我的兴趣，我的灵感。是动就会催快我的呼吸，加添我的生命。

近来却大大的变样了。第一我自身的肢体，已不如原先灵活；我的心也同样的感受了不知是年岁还是什么的拘絷（束缚）。动的现象再不能给我欢喜，给我启示。先前我看着在阳光中闪烁的金波，就仿佛看见了神仙宫阙——什么荒诞美丽的幻觉，不在我的脑中一闪闪地掠过？现在不同了，阳光只是阳光，流波只是流波，任凭景色怎样的灿烂，再也照不化我的呆木的心灵。我的思想，如其偶尔有，也只似岩石上的藤萝，贴着枯干的粗糙的石面，极困难的蜒着；颜色是苍黑的，姿态是倔强的。

我自己也不懂得何以这变迁来得这样的突兀，这样的深彻。原先我在人前自觉竟是一注的流泉，在在有飞沫，在在有闪光；现在这泉眼，如其还在，仿佛是叫一块石板不留余隙地给镇住了。我再没有先前那样蓬勃的情趣，每回我想说话的时候，就觉着那石块的重压，怎么也掀不动，怎么也推不开，结果只能自安沉默！

“你再不用想什么了，你再没有什么可想的了”；“你再不用开口了，你再没有什么话可说的了”……我常觉得我沉闷的心府里有这样半嘲讽半吊唁的谆嘱。

说来我思想上或经验上也并不曾经受什么过分剧烈的戟刺。我处境是向来顺的，现在，如其有不同，只是更顺了的。那么为什么有这变迁？远的不说，就比如我年前到欧洲时的心境：啊！我那时还不是一只初长毛角的野鹿？什么颜色不激动我的视觉，什么香味不兴奋我的嗅觉？我记得我在意大利写游记的时候，情绪是何等的活泼，兴趣何等的醇厚，一路来眼见耳听心感的种种，哪一样不活栩栩的丛集在我的笔端争求充分的表现！如今呢？我这次到南方去，来回也有一个多月的光景，这期内眼见耳听心感的事物也该有不少。我未动身前，又何尝不自喜此去又可以有机会饱餐西湖的风色，邓尉的梅香——单提一两件最合我脾胃的事。有好多朋友也曾期望我在这闲暇的假期中采集一点江南风趣，归来时，至少也该带回一两篇爽口的诗文，给在北京泥土的空气中活命的朋友们一些清醒的消遣。但事实上不但在南中时我白瞪着大眼，看天亮换天昏，又闭上了眼，拼天昏换天亮，一枝秃笔跟着我涉海去，又跟着我涉海回来，正如岩洞里的一根石笋，压根儿就没一点儿摇动的消息；就在我回京后这十来天，任凭朋友们怎样的催促，自己良心怎样的责备，我的笔尖上还是滴不出一点墨渖来。我也曾勉强想想，勉强想写，但到底还是白费！

可怕是这心灵骤然的呆顿。完全死了不成？我自己在疑惑。

说来是时局也许有关系。我到京儿天就逢着空前的血案。五卅事件发生时我正在意大利山中，采茉莉花编花篮儿玩，翡冷翠山中只见明星与流萤的交映，花香与山色的温存，俗氛是吹不到的。直到七月间到了伦敦，我才理会国内风光的惨淡，等得我赶回来时，设想中的激昂，又早变成了明日黄花；看得见的痕迹只有满城黄墙上墨彩斑斓的“泣告”。

这回却不同。屠杀的事实不仅是在我住的城子里发见，我有时竟觉得是我自己的灵府里的一个惨象。杀死的不仅是青年们的生命，我自己的思想也仿佛遭着了致命的打击，好比是国务院前的断肢残肢，再也不能回复生动与连贯。但这深刻的难受在我是无名的，是不能完全解释的。这回事变的奇惨性引起愤慨与悲切是一件事，但同时我们也知道在这根本起变态作用的社会里，什么怪诞的情形都是可能的。

屠杀无辜，还不是年来最平常的现象。自从内战纠结以来，在受战祸的区域内，哪一处村落不曾分到过遭奸污的女性，屠残的骨肉，供牺牲的生命财产？这无非是给冤氛团结的地面上多添一团更集中、更鲜艳的怨毒。再说哪一个民族的解放史能不浓浓的染着 martyrs（烈士）的腔血？俄国革命的开幕就是二十年前冬宫的血景。只要我们有识力认定，有胆量实行，我们理想中的革命，这回羔羊的血就不会是自涂的。所以我个人的沉闷决（绝）不完全是这回惨案引起的感情作用。

爱和平是我的生性。在怨毒、猜忌、残杀的空气中，我的神经每每感受一种不可名状的压迫。记得前年奉直战争时，我过的那日子简直是一团黑漆，每晚更深时，独自抱着脑壳伏在书桌上受罪，仿佛整个时代的沉闷盖在我的头顶——直到写下了《毒药》那几首不成形的诅咒诗以后，我心头的紧张才渐渐的缓和下去。这回又有同样的情形；只觉着烦，只觉着闷，感想来时只是破碎，笔头只是笨滞。结果身体也不舒畅，像是蜡油涂抹住了全身毛窍似的难过，一天过去了又是一天，我这里又在重演更深独坐箍紧脑壳的姿势，窗外皎洁的月光，分明是在嘲讽我的内心的枯窘！

不，我还得往更深处挖。我不能叫这时局来替我思想骤然的呆顿负责，我得往我自己生活的底里找去。

平常有几种原因可以影响我们的心灵活动。实际生活的牵掣可以刮去我们心灵所需要的闲暇，积成一种压迫。在某种热烈的想望不曾得满足时，我们感觉精神上的烦闷与焦躁，失望更是颠覆内心平衡的一个大原因；较剧烈的种类可以麻痹我们的灵智，淹没我们的理性。但这些都合不上我的病源；因为我在实际生活里已经得到十分的幸运，我的潜在意识里，我敢说不该有什么压着的欲望在作怪。

但是在实际上反过来看难有一种情形可以阻塞或是减少你心灵的活跃。我们知道舒服、健康、幸福，是人生的目标，我们因此推想我们痛苦的起点是在望见那些目标而得不到的时候。我们常听人说："假如我像某人那样生活无忧我一定可以好好地做事，不比现在整天的精神全化在琐碎的烦恼上。"我们又听说："我不能做事就为身体太坏；若是精神来得，那就……"我们又常常设想幸福的境界，我们想："只要有一个意中人在跟前，那我一定奋发，什么事做不到？"但是"不"，在事实上，舒服、健康、幸福，不但不一定是帮助或奖励心灵生活的条件，它们有时正得相反的效果。我们看不起有钱人，在社会上得意人，肌肉过分发展的运动家，也正在此；至于年少人幻想中的美满幸福，我敢说等得当真有了红袖添香，你的书也就读不出所以然来，且不说什么在学问上或艺术上更认真地工作。

那么生活的满足是我的病源吗？

"在先前的日子，"一个真知我的朋友，就说，"正为是你生活不得平衡，正为你有欲望不得满足，你的压在内里的libido（力比多，泛指一切机体快感——编者注）就形成一种升华的现象，结果你就借文学来发泄你生理上的郁结（你不常说你从事文学是一件不预期的事吗），这情形又容易在你的意识里形成一种虚幻的希望，因为你的写作得到一部分赞许，你就自以为确有相当创作的天赋以及独立思想的能力。但你只是自冤自，实在你并没有什么超人一等的天赋，你的设想多半是虚荣，你的以前的成绩只是升华的结果。所以现在等得你生活换了样，感情上有了安顿，你就发见你向来写作的来源顿呈萎缩甚至枯竭的现象；而你又不愿意承认这情形的实在，妄想到你身子以外去找你思想枯窘的原因，所以你就不由感到深刻的烦闷。你只是对你自己生气，不甘心承认你自己的本相。不，你原来并没有三头六臂的！

“你对文艺并没有真兴趣，对学问并没有真热心。你本来没有什么更高的志愿，除了相当合理的生活，你只配安分做一个平常人，享你命里注定的‘幸福’；在事业界，在文艺创作界，在学问界内，全没有你的位置，你真的没有那能耐。不信你只要自问在你心里的心里有没有那无形的‘推力’，整天整夜地恼着你，逼着你，督着你，放开实际生活的全部，单望着不可捉摸的创作境界里去冒险？是的，顶明显的关键就是那无形的推力或是行动，没有它人类就没有科学，没有文学，没有艺术，没有一切超越功利实用性质的创作。你知道在国外（国内当然也有，许没那样多）有多少人被这无形的推力驱使着，在实际生活上变成一种离魂病性质的变态动物，不但人间所有的虚荣永远沾不上他们的思想，就连维持生命的睡眠饮食，在他们都失了重要，他们全部的心力只是在他们那无形的推力所指示的特殊方向上的集中应用。怪不得有人说天才是疯癫；我们在巴黎、伦敦不就到处碰得着这类怪人？如其他是一个美术家，恼着他的就只是怎样可以完全表现他那理想中的形体；一个线条的准确，某种色彩的调谐，在他会比他生身父母的生死与国家的存亡更重要，更迫切，更要求注意。我们知道专门学者有终身掘坟墓的，研究蚊虫生理的，观察亿万万里外一个星的动定的。并且他们决（绝）不问社会对于他们的劳力有否任何认识，那就是虚荣的进路；他们是被一点无形的推力的魔鬼定了的。

“这是关于文艺创作的话，你自问有没有这种情形。你也许经验过什么‘灵感’，那也许有，但你却不要把刹那误认作永久，虚幻认作真实。至于说思想与真实学问的话，那也得背后有一种推力，方向许不同，性质还是不变。做学问你得有原动的好奇心，得有天然热情的态度去做求知识的工夫。真思想家的准备，除了特强的理智，还得有一种原动的信仰；信仰或寻求信仰，是一切的思想的出发点：极端的怀疑派思想也只是期望重新位置信仰的一种努力。从古来没有一个思想家不是宗教性的。在他们，各按各的倾向，一切人生的和理智的问题是实在有的；神的有无，善与恶，本体问题，认识问题，意志自由问题，在他们看来都是含逼迫性的现象，要求合理的解答比山岭的崇高，水的流动，爱的甜蜜更真，更实在，更耸动。他们的一点心灵，就永远在他们设想的一种或多种问题的周围飞舞、旋绕，正如灯蛾之于火焰：牺牲自身来贯彻火焰中心的秘密，是他们共有的决心。

“这种惨烈的情形，你怕也没有吧？我不说你的心幕上就没有思想的影子；但它们怕只是虚影，像水面上的云影，云过影子就跟着消散，不是石上的留痕越日久越深刻。

“这样说下来，你倒可以安心了！因为个人最大的悲剧是设想一个虚无的境界来谎骗你自己；骗不到底的时候你就得忍受‘幻灭’的莫大的苦痛。与其那样，还不如及早认清自己的深浅，不要把不必要的负担，放上支撑不住的肩背，压坏你自己，还难免旁人的笑话！朋友，不要迷了，定下心来享你现成的福分吧；思想不是你的分，文艺创作不是你的分，独立的事业更不是你的分！天生扛了重担来的那也没法想，（哪一个天才不是活受罪？）你是原来轻松的，这是多可羡慕，多可贺喜的一个发见！算了吧，朋友！”

放风筝

——梁实秋

偶见街上小儿放风筝，拖着一根棉线满街跑，嬉戏为欢，状乃至乐。那所谓风筝，不过是竹篾架上糊一点纸，一尺见方，顶多底下缀着一些纸穗，其结果往往是绕挂在街旁的电线上。

常因此想起我小时候在北平放风筝的情形。我对放风筝有特殊的癖好，从孩提时起直到三四十岁，遇有机会从没有放弃过这一有趣的游戏。在北平，放风筝有一定的季节，大约总是在新年过后开春的时候为宜。这时节，风劲而稳。严冬时风很大，过于凶猛，春季过后则风又嫌微弱了。开春的时候，蔚蓝的天，风不断地吹，最好放风筝。

北平的风筝最考究。这是因为北平的有闲阶级的人多，如八旗子弟，凡属耳目声色之娱的事物都特别发展。我家住在东城，东四南大街，在内务部街与史家胡同之间有一个二郎庙，庙旁边有一爿风筝铺，铺主姓于，人称“风筝于”。他做的风筝在城里颇有小名。我家离他近，买风筝特别方便。他做的风筝，种类繁多，如肥沙雁、瘦沙雁、龙井鱼、蝴蝶、蜻蜓、鲇鱼、灯笼、白菜、蜈蚣、美人儿、八卦、蛤蟆，以及其他形形色色。鱼的眼睛是活动的，放起来滴溜溜地转，尾巴拖得很长，临风波动。蝴蝶、蜻蜓的翅膀也有软的，波动起来也很好看。风筝的架子是竹制的，上面绷起高丽纸面，讲究的要用绢绸，绘制很是精致，彩色缤纷。风筝于的出品，最精彩是“提线”，拴的角度准确，放起来不“折筋斗”，平平稳稳。风筝小者三尺，大者一丈以上，通常在家里玩玩由三尺到七尺就很够了。新年厂甸开放，风筝摊贩也很多，品质也还可以。

放风筝的线，小风筝用棉线即可，三尺以上就要用棉线数绺捻成的“小线”，小线也有粗细之分，视需要而定。考究的要用“老弦”：取其坚牢，而且分量较轻，放起来可以扭成直线，不似小线之动辄出一圆兜。线通常绕在竹制的可旋转的“线桄子”上。讲究的是硬木制的线桄子，旋转起来特别灵活迅速。用食指打一下，桄子即转十几转，自然地把线绕上去了。

有人放风筝，尤其是较大的风筝，常到城根或其他空旷的地方去，因为那里风大，一抖就起来了。尤其是那一种特制的巨型风筝，名为“拍子”，长方形的，方方正正没有一点花样，最大的没有超过九尺。北平的住宅都有个院子，放风筝时先测定风向，要有人带起一根大竹竿，竿顶置有铁叉头或铜叉头（即挂画所用的那种叉子），把风筝挑起，高高举到房檐之上，等着风一来，一抖，风筝就飞上天去，竹竿就可以撤了，有时候风不够大，举竹竿的人还要爬上房去踞坐在房脊上面。有时候，费了不少手脚，而风犹不至，只好废然作罢，不过这种扫兴的机会并不太多。

风筝和飞机一样，在起飞的时候和着陆的时候最易失事。电线和树都是最碍事的，须善为躲避。风筝一上天，就没有事，有时候进入罡风境界，直不须用手牵着，大可以把线拴在屋柱上面，自己进屋休息，甚至拴一夜，明天再去收回，春寒料峭，在院子里久了会冻得涕泪交流，线弦有时也会把手指勒得青疼，甚至出血，是需要到屋里去休息取暖的。

风筝之“筝”字，原是一种乐器，似瑟而十三弦。所以顾名思义，风筝也是要有声响的，《询刍录》云：“五代李邺于宫中作纸鸢，引线乘风为戏，后于鸢首，以竹为笛，使风入竹，声如筝鸣。”这记载是对的。不过我们在北平所放的风筝，倒不是“以竹为笛”，带响的风筝有两种，一种是带锣鼓的，一种是带弦弓的，二者兼备的当然也不是没有。所谓锣鼓，即是利用风车的原理捶打纸制的小鼓，清脆可听。弦弓的声音比之更为悦耳。有高骈风筝诗为证：

夜静弦声响碧空，
宫商信任往来风，
依稀似曲才堪听，
又被风吹别调中。

（节选）

窗外的春光

——庐隐

几天不曾见太阳的影子，沉闷包围了她的心。今早从梦中醒来，睁开眼，一线耀眼的阳光已映射在她红色的壁上，连忙披衣起来，走到窗前，把洒着花影的素幔拉开。前几天种的素心兰，已经开了几朵，淡绿色的瓣儿，衬了一颗朱红色的花心，风致真特别，即所谓“冰洁花丛艳小莲，红心一缕更嫣然”了。同时一股沁人心脾的幽香，喷鼻醒脑，平板的周遭，立刻涌起波动，春神的薄翼，似乎已扇动了全世界凝滞的灵魂。

说不出是喜悦，还是惆怅，但是一颗心灵涨得满满的——莫非是满园春色关不住——不，这连她自己都不能相信；然而仅仅是为了一些过去的眷恋，而使这颗心不能安定吧！本来人生如梦，在她过去的生活中，有多少梦影已经模糊了，就是从前曾使她惆怅过，甚至于流泪的那种情绪，现在也差不多消逝净尽，就是不曾消逝的而在她心头的意义上，也已经变了色调，那就是说从前以为严重了不得的事，现在看来，也许仅仅只是一些幼稚的可笑罢了！

兰花的清香，又是一阵浓厚地包袭过来，几只蜜蜂嗡嗡地在花旁兜着圈子，她深切地意识到，窗外已充满了春光；同时二十年前的一个梦影，从那深埋的心底复活了：

一个仅仅十岁挂零的孩子，因为脾气古怪，不被家人们了解，于是被送到一所囚牢似的教会学校去寄宿。那学校的校长是美国人——一个五十岁的女人，对于孩子们管得异常严厉，整月整年不许孩子走出那所筑建庄严的楼房。四围的环境又是异样的枯燥，院子是一片沙土地；在角落里时时可以发现被孩子们踏陷的深坑，坑里纵横着人体的骨骼，没有树也没有花，所以也永远听不见鸟儿的歌曲。

春风有时也许可怜孩子们的寂寞吧！在那洒过春雨的土地上，吹出一些青草来——有一种名叫“辣辣棍棍”的，那草根有些甜辣的味儿，孩子们常常伏在地上，寻找这种草根，放在口里细细的咀嚼，这可算是春给她们特别的恩惠了！

那个孤零的孩子，处在这种阴森冷漠的环境里，更是倔强，没有朋友，在她那小小的心灵中，虽然还不曾认识什么是世界；也不会给这个世界一个估价，不过她总觉得自己所处的这个世界，是有些乏味；她追求另一个世界。在一个春风吹得最起劲的时候，她的心也燃烧着更热烈的希冀。但是这所囚牢似的学校，那一对黑漆的大门仍然严严地关着，就连从门缝看看外面的世界，也只是一个梦想。于是在下课后，她独自跑到地窖里去，那是一个更森严可怕的地方，四围是石板做的墙，房顶也是冷冰冰的大石板，走进去便有一股冷气袭上来，可是在她的心里，总觉得比那死气沉沉的校舍，多少有些神秘性吧。最能引诱她当然还是那几扇矮小的窗子，因为窗子外就是一座花园。这一天她忽然看见窗前一丛蝴蝶兰和金钟罩，已经盛开了，这算给了她一个大诱惑，自从发现了这窗外的春光后，这个孤零的孩子，在她生命上，也开了一朵光明的花。她每天一只猫儿般，只要有工夫，便蜷伏在那地窖的窗子上，默然地幻想着窗外神秘的世界。

她没有哲学家那种富有根据的想象，也没有科学家那种理智的头脑，她小小的心，只是被一种天所赋予的热情紧咬着。她觉得自己所坐着的这个地窖，就是所谓人间吧——一切都是冷硬淡漠，而那窗子外的世界却不一样了。那里一切都是美丽的，和谐的，自由的吧！她欣羡着那外面的神秘世界，于是那小小的灵魂，每每跟着春风，一同飞翔了。她觉得自己变成一只蝴蝶，在那盛开着美丽的花丛中翱翔着，有时她觉得自己是一只小鸟，直扑天空，伏在柔软的白云间甜睡着。她整日支着颐（颊、腮——编者注）不动不响的尽量陶醉，直到夕阳逃到山背后，大地垂下黑幕时，她才怏怏的离开那灵魂的休憩地，回到陌生的校舍里去。

她每日照例到地窖里来，直到过完了整个春天。忽然她看见蝴蝶兰残了，金钟罩也倒了头，只剩下一丛深碧的叶子，苍茂地在风里撼动着，那时她竟莫名其妙地流下眼泪来。这孩子真古怪得可以，十岁的孩子前途正远大着呢，这春老花残，绿肥红瘦，怎能惹起她那么深切的悲感呢？！但是孩子从小就是这样古怪，因此她被家人所摒弃，同时也被社会所摒弃。在她的童年里，便只能在梦境里寻求安慰和快乐，一直到她是否认现实世界的一切，她终成了一个疏狂孤介的人。在她三十年的岁月里，只有这些片段的梦境，维系着她的生命。

阳光渐渐的已移到那素心兰上，这目前的窗外春光，撩拨起她童年的眷恋，她深深地叹息了：“唉，多缺陷的现实的世界呵！在这春神努力创造美丽的刹那间，你也想遮饰起你的丑恶吗？人类假使连这些梦影般的安慰也没有，我真不知道人们怎能延续他们的生命哟！”

但愿这窗外的春光，永驻人间吧！她这样虔诚的默祝着，素心兰像是解意般地向她点着头。

我的童玩

—— 林海音

从六岁到六十岁

旧时女孩的自制玩具和游戏项目，几乎都是和她们学习女红、练习家事有关联的。所谓寓教育于游戏，正可以这么说。但这不是学校的教育课程，而是在旧时家庭中自然形成的。

我五岁自台湾随父母去北平，童年是在大陆北方成长的，已经是十足北方女孩子气了。我愿意从记忆中找出我童年的游乐，我的玩具和一去不回的生活。

昨天，为了给《汉声》写这篇东西，和做些实际的玩具，我跑到沉陵街去买丝线和小珠子，就像童年到北平绒线胡同的瑞玉兴去挑买丝线一样。但是想要在台北买到缠粽子用的丝绒线是不可能的了。我只好买些粗的丝线，和穿孔较大的小珠子，因为当年六岁的我，和现在六十岁的我，眼力的使用是不一样啊！

用丝线缠粽子，是旧时北方小姑娘用女红材料做的有季节性的玩具。先用硬纸做一个粽子形，然后用各色丝绒线缠绕下去。配色最使我快乐，我随心所欲的配各种颜色。粽子缠好后，下面做上穗子，也许穿上几颗珠子，全凭自己的安排。缠粽子是在端午节前很多天就开始了，到了端午节早已做好，有的送人，有的自己留着挂吊起来。同时做的还有香包，用小块红布剪成葫芦形、菱形、方形，缝成小包，里面装些香料。串起来加一个小小的粽子，挂在右襟纽绊上，走来走去，美不唧唧的。除了缠粽子以外，也还把丝绒线缠在卫生球（樟脑丸）上。总之，都成了艺术品了。

珠子，也是女孩子喜欢玩的自制玩物，它兼有女性学习做装饰品。我用记忆中的穿珠法，穿了一副指环、耳环、手环，就算是我六岁的作品吧！

挝子儿

北方的天气，四季分明。孩子们的游戏，也略有季节的和室内外的分别。当然大部分动态的在室外，静态的在室内。女孩子以女红兼游戏是在室内多，但也有动作的游戏，是在室内举行的，那就是“挝子儿”。

挝子儿的用具有多种，白果、桃核、布袋、玻璃球，都可以。但玩起来，他们的感觉不一样。白果和桃核，其硬度、弹性差不多。布袋里装的是绿豆，不是圆形固体，不能滚动，所以玩法也略有不同。玻璃球又硬又滑，还可以跳起来，所以可以多一种玩法。

单数（五或七粒）的子儿，一把撒在桌上，桌上铺了一层织得平整的宽围巾，柔软适度。然后拿出一粒，扔上空，手随着就赶快拣上一颗，再扔一次，再拣一颗，把七颗都拣完，再撒一次，这次是同时拣两颗，再拣三颗的，最后拣全部的。这个全套做完是一个单元，做不完就输了。

女性的手比较巧于运用，当然是和幼年的游戏动作很有关系。记得读外国杂志说，有的外科医生学女人用两根针织毛线，就是为了练习手指运用的灵巧。

捝子儿，冬日玩得多，因为是在室内桌上。记得冬日在小学读书时，到了下课十分钟，男生抢着跑出教室外面野，女生赶快拿出毛线围巾铺在课桌上，捝起子儿来。

为了收集这些玩具给《汉声》，我买来一些白果，试着玩玩。结果是扔上一颗白果，老花眼和略有颤抖的手，不能很准确地同时去拣桌上的和接住空中落下来的了。很悲哀呢！

除了捝子儿，在桌上玩的，还有“弹铁蚕豆儿”。顾名思义，蚕豆名铁，是极干极硬的一种。没吃以前，先用它玩一阵吧，一把撒在桌上，在两粒之中用小指立着划过去，然后捏住大拇指和食指，大拇指放出，以其中的一粒弹另外一粒，不许碰到别的。弹好，就可以拣起一粒算胜的，再接着做下去，看看能不能把全有的都弹光，弹光算赢了。

跳绳和踢毽子

这两项游戏虽是至今存在，不分地方和季节的，但是玩具就有不同。跳绳，当然基本是麻绳，后来有童子军绳和台湾的橡皮筋。我最喜欢的，却是小时候用竹笔管穿的跳绳。放了学到玻璃厂西门一家制笔作坊，去买做笔切下约寸长的剩余竹管，其粗细是我们用来写中楷字的笔。很便宜 的买一大包回来，用白线绳一个个穿成一条丈长的绳。这种绳子，无论打在硬土地上还是砖地上，都会发出清脆的竹管声，在游戏中也兼听悦耳的声音。

跳双绳颇不易，有韵律，快速。但是在跳绳中拣铜子儿，也不简单。把一叠铜子儿放在地上（绳子落地碰不到的地方），每跳一下，低头弯腰下去拣起一个铜子儿，看你赶不赶得上又要跳第二下；又跳，又弯腰，又伸手抢钱，虽不是激烈运动，却是全身都动的运动呢！

踢毽子是自古以来的中国游戏，这玩具羽毛是基础，但是底下的托子却因时代而不同了。在我幼年时，虽然币制已经用钢板为硬币，但是遗留下来的制钱，还有很多用处，做毽子的底托，就是最好的。方孔洞，穿过一根皮带，把羽毛捆起来，就是毽子了。

自己做毽子，也是有趣的事。用色纸剪了当羽毛，秋天的大朵菊花当羽毛，都是毽子。而记忆中有一种为儿童初步学踢毽子的，叫“踢制钱儿”，两枚制钱用红头绳穿起来，刚好是小孩子的手持到脚的长度即可。小孩子提着它，一踢一踢的，制钱打着布鞋帮子，倒也很顺利。

踢毽子到学习花样儿的时候，有一个歌可以念、踢，照歌词动作：“一个毽儿，踢两瓣儿。打花鼓，绕花线儿。里踢，外拐。八仙，过海。九十九，一百。”

念完，刚好踢十下，但是踢到第五下以后，就都是“特技”了！

（节选）

我的理想家庭

——老舍

一个二十多岁的小伙子，讲恋爱，讲革命，讲志愿，似乎天地之间，唯我独尊，简直想不到组织家庭——结婚既是爱的坟墓，家庭根本上是英雄好汉的累赘。及至过了三十，革命成功与否，事情好歹不论，反正领略够了人情世故，壮气就差点事儿了。虽然明知家庭之累，等于投胎为马为牛，可是人生总不过如此，多少也都得经验一番，既不坚持独身，结婚倒也还容易。于是发帖子请客，笑着开驶倒车，苦乐容或相抵，反正至少凑个热闹。到了四十，儿女已有二三，贫也好富也好，自己认头苦曳，对于年青的朋友已经有好些个事儿说不到一处，而劝告他们老老实实的结婚，好早生儿养女，即是话不投缘的一例。到了这个年纪，设若还有理想，必是理想的家庭。倒退二十年，连这么一想也觉泄气。人生的矛盾可笑即在于此，年轻力壮，力求事事出轨，决不甘为火车；及至中年，心理的、生理的，种种理的什么什么，都使他不但非做火车不可，且想做货车呢！把当初与现在一比较，判若两人，足够自己笑半天的！或有例外，实不多见。

明年我就四十了，已具说理想家庭的资格：大不必吹，盖亦自嘲。

我的理想家庭要有七间小平房：一间是客厅，古玩字画全非必要，只要几张很舒服宽松的椅子，一二小桌。一间书房，书籍不少，不管什么头版与古本，而都是我所爱读的。一张书桌，桌面是中国漆的，放上热茶杯不至烫成个圆白印儿。文具不讲究，可是都很好用。桌上老有一两枝鲜花，插在小瓶里。两间卧室，我独据一间，没有臭虫，而有一张极大极软的床。在这个床上，横睡直睡都可以，不论怎样睡都一躺下就舒服合适，好像陷在棉花堆里，一点也不硬碰骨头。还有一间，是预备给客人住的。此外是一间厨房，一个厕所，没有下房，因为根本不预备用仆人。家中不要电话，不要播音机，不要留声机，不要麻将牌，不要风扇，不要保险柜。缺乏的东西本来很多，不过这几项是故意不要的，有人白送给我也不要。

院子必须很大。靠墙有几株小果木树。除了一块长方的土地，平坦无草，足够打开太极拳的，其他的地方就都种着花草——没有一种珍贵费事的，只求昌茂多花。屋中至少有一只花猫，院中至少也有一两盆金鱼；小树上悬着小笼，二三绿蝈蝈随意地鸣着。

这就该说到人了。屋子不多，又不要仆人，人口自然不能很多：一妻和一儿一女就正合适。先生管擦地板与玻璃，打扫院子，收拾花木，给鱼换水，给蝈蝈一两块绿黄瓜或几个毛豆，并管上街送信买书等事宜。太太管做饭，女儿任助手——顶好是十二三岁，不准小也不准大，老是十二三岁。儿子顶好是三岁，既会讲话，又胖胖的会淘气。母女于做饭之外，就做点针线，看小弟弟。大件衣服拿到外边去洗，小件的随时自己涮一涮。

既然有这么多工作，自然就没有多少工夫去听戏看电影。不过在过生日的时候，全家就出去玩半天；接一位亲或友的老太太给看家。过生日什么的永远不请客受礼，亲友家送来的红白帖子，就一概扔在字纸篓里，除非那真需要帮助的，才送一些干礼去。到过节过年的时候，吃食从丰，而且可以买一通纸牌，大家打打“索儿胡”，赌铁蚕豆或花生米。

男的没有固定的职业；只是每天写点诗或小说，每千字卖上四五十元钱。女的也没事做，除了家务就读些书。儿女永不上学，由父母教给画图、唱歌、跳舞——乱蹦也算一种舞法——和文字、手工之类。等到他们长大，或者也会仗着绘画或写文章卖一点钱吃饭；不过这是后话，顶好暂且不提。

这一家子人，因为吃得简单干净，而一天到晚又不闲着，所以身体都很不坏。因为身体好，所以没有肝火，大家都不爱闹脾气。除了为小猫上房、金鱼甩子等事着急之外，谁也不急赤白脸的。

大家的相貌也都很体面，不令人望而生厌。衣服可并不讲究，都做得很结实朴素：永远不穿又臭又硬的皮鞋。男的很体面，可不露电影明星气；女的很健美，可不红唇卷毛的鼻子朝着天。孩子们都不卷着舌头说话，淘气而不讨厌。

这个家庭顶好是在北平，其次是成都或青岛，至坏也得在苏州。无论怎样吧，反正必须在中国，因为中国是顶文明顶平安的国家；理想的家庭必在理想的国内也。

中秋夜感

——陆小曼

并不是我一提笔就离不开志摩，就是手里的笔也不等我想就先抢着往下溜了；尤其是在这秋夜！窗外秋风卷着落叶，沙沙的幽声打入我的耳朵，更使我忘不了月夜的回忆，眼前的寂寥。本来是他带我认识了笔的神秘，使我感觉到这一支笔的确是人的唯一良伴：它可以发泄你满腹的幽怨，又可以将不能说的不能告人的话诉给纸笔，吐一口胸中的积闷。所以古人常说不穷做不出好诗，不怨写不出好文。的确，回味这两句话，不知有多少深意。我没有遇见摩的时候，我是一点也不知道走这条路，怨恨的时候只知道拿了一支香烟满屋子转，再不然就蒙着被头暗自饮泣。自从他教我写日记，我才知道这支笔可以代表一切，从此我有了吐气的法子了。可是近来的几年，我反而不敢亲近这支笔，怕的是又要脑子里有感想。岁数一年年地长，人生的一切也一年年地看得多，可是越看越糊涂。这幻妙的人生真使人难说难看，所以简直给它一个不想不看最好。

前天看摩的《自剖》，真有趣！只有他想得出这样离奇的写法，还可以将自己剖得清清楚楚。虽然我也想同样地剖一剖自己，可是苦于无枝无杆可剖了。连我自己都说不出我究竟是怎样的一个人。我只觉得留着的不过是有形无实的一个躯壳而已。活着不过是多享受一天天物质上的应得，多看一点新奇古怪的戏闻。我只觉人生的可怕，简直今天不知道明天又有什么变化；过一天好像是捡着一天似的，谁又能预料哪一天是最后一天呢？生与死的距离是更短在咫尺了！只要看志摩！他不是已经死了快十年了么？在这几年中，我敢说他的影像一天天在人们的脑中模糊起来了，再过上几年不是完全消灭了么？谁不是一样？所以我有时候自己老是呆想：也许志摩没有死。生离与死别时候的影像在谁都是永远切记在心头的；在那生与死交迫的时候是会有不同的可怕的样子使人难舍难忘的。可是他的死来得太奇特，太匆忙！那最后的一忽儿会一个人都没有看见；不要说我，怕也有别人会同样地不相信的。所以我老以为他还是在一个没有人迹的地方等着呢！也许会有他再出来的一天的。他现在停留的地方虽然我们看不见，可是我一定相信也是跟我们现在所处的一样，又是一个世界而已；那一面的样子，虽然常有离奇的说法，异样的想象，只可恨没有人能前往游历一次，而带一点新奇的事情回来。不过一样事情我可以断定，志摩虽然说离了躯壳，他的灵魂是永远不会消灭的。我知道他一定时常在我们身旁打转，看着我们还是在这儿做梦似的混，暗笑我们的痴呆呢！不然在这样明亮的中秋月下，他不知道又要给我们多少好的诗料呢！

说到诗，我不发牢骚，实在是不能不说。自从他走后这几年来我最注意到而使我失望的就是他所最爱的诗好像一天天地在那儿消灭了，作诗的人们好像没有他在时那样热闹了。也许是他一走带去了人们不少的诗意；更可以说提起作诗就免不了使人怀念他的本人，增加无限离情，就像我似的一提笔就更感到死别的惨痛。不过我也不敢说一定，或许是我看见得少，尤其是在目前枯槁的海边上，更不容易产出什么新进的诗人。可是这种感觉不仅属于我个人，有几个朋友也有这同样的论调。这实在是一件可憾的事情！他若是在也要感觉到痛心的。所以那天我睡不着的时候，来回地想：走的，我当然没有法子拉回来；可是无论如何我一定要想法子引起诗人们的诗兴才好，不然志摩的灵魂一定也要在那儿着急的。只要看他在的时候，每一次见着一首好诗，他是多么高兴地唱读；有天才的，他是怎样地引导着他们走进诗门；要是有一次发现一个新的诗人，他一定跳跃得连饭都可以少吃一顿。他一生所爱的唯有诗，他常叫我做，劝我学："只要你随便写，其余的都留着我来改。哪一个初学者不是大胆地涂？谁又能一写就成了绝句？只要随时随地，见着什么而有所感，就立刻写下来，不就慢慢地会了？"这几句话是我三天两头儿听见的。虽然他起足了劲儿，可是我始终没有学过一次，这也使他灰心的。现在我想着他的话，好像见着他那活跃的样子，而同时又觉得新出品又那样少，所以我也大胆地来诌两句。说实话，这也不能算是诗，教我的人，虽然我敢说离着我不远，可是我听不到他的教导，更不用说与我改削了，只能算一时所感觉着的随便写了下来就是。我不是要臭美，我只想抛砖引玉：也许有人见到我的苦心，不想写的也不忍不写两句，以慰多年见不到的老诗人，至少让他的灵魂再快乐一次。不然像我那样的诗不要说没有发表的可能性，简直包花生米都嫌它不够格儿呢！

而《秋叶》就是在实行我那想头的第一首。

一声声的狂吼从东北里
带来了一阵残酷的秋风，
狮虎似的扫荡着
枝头上半枯残枝
飘落在蔓草上乱打转儿，

浪花似的卷着往前跑
你看
它们好像已经有了目标!
它们穿过了鲜红的枫林:
看枫叶躲在枝头飘摇,
好像在夸耀它们的逍遥?
可是不,你看我偏不眼热!
那暂时栖身,片刻的停留;
但等到北风到,
它们不是跟我一样的遭殃,
同样的飘荡?
不,不,
我还是去寻我的方向。
它们穿过乱草与枯枝,
凌乱的砾石也挡不了道;
碧水似的秋月放出了灿烂的光辉,
像一盏琉璃的明灯照着它们,
去寻
寻它们的目标。
那一流绿沉沉的清溪,
在那边等着它们去洗涤

满身沾染着的污泥;
再送到那浪涛的大海里,
永远享受那光明的清辉。